French
Harina

Raúl Ferruz

Título original: French Harina
© 2012, Raúl Ferruz

ISBN: 8460677621
ISBN-13: 978-84-606-7762-8

Raúl Ferruz.

Nací en Mayo de 1981. Moriré antes del verano de 2099.

French Harina es una cámara fija en el interior de mi cabeza. 150 fotogramas de una vida. Henry Miller aseguraba que la literatura del futuro sería autobiográfica. French Harina es la secuencia de una biografía. Un trozo de vida. La mía. Hoy, la literatura es digital. Los lápices se han roto. Son astillas analógicas.

DESAPARECER

Hablo de no poder dormir por las noches porque el sistema nervioso se empeña en recordarte que una noche dormida, es una noche perdida. Hablo de levantarse de la cama, coger el abrigo, y meterse en el coche. Conducir hasta el paso a nivel. Parar el motor ante las barreras. Y mirar como la lluvia, iluminada ante el rojo del semáforo, durante dos segundos en el cielo, se tiñe de algo que no es. Y escuchar el vaivén del limpiaparabrisas y el tren a lo lejos. Y las campanas y las gaviotas de las que ya han escrito todos los escritores. Y la angustia por todos los hombres y las mujeres que han muerto y de los que nadie ha escrito. Hablo del sistema nervioso que dice que arranques y aceleres. Y hablo del sistema nervioso que escribe esto, en la luna frontal del coche, de mi imaginación, mientras el tren pasa.

Quiero una vida y una muerte
como las de Bobby Fischer.
Lástima que me falten dos cosas,
inteligencia y cojones.
Es decir, una.

Hablo de volver a casa y contemplar los rastros de cobardía, sobre el tablero de ajedrez, mientras amanece.

Desaparecer siempre es la jugada maestra.

1

EL CINCEL

Luo sujeta un cincel con los dientes. Mira un trozo de madera bajo la luz, desde distintos ángulos, y sonríe. Lo acaricia sin prisa, mientras el calor del flexo le llena la frente de pelotitas de sudor.

Talla la madera despacio. Con una inquietante precisión. Poco a poco, el suelo se va llenando de virutas rizadas. Como los restos de una melena de madera.

De vez en cuando, Luo bebe agua, y apaga la luz. Se frota los ojos, y vuelve a encender el flexo. Se chupa el meñique y lo pasa por las superficies recién pulidas. Para comprobar si aún quedan pequeñas astillas.

Sonríe. Y sigue tallando.

Cada vez más feliz, y cada vez más viejo. Luo pasó toda la vida con aquella talla.

Un día supo que había terminado. Abrió la mano, y sonrió satisfecho. Dejó las gafas sobre la mesa, y se rascó la barba. Luo no tenía nada en las manos.

Apagó el flexo. Y dijo. La vida es una talla, de la que al final no queda nada. Sólo virutas que recuerdan el proceso.

DONATELLO

Es un crío de unos cinco o seis años. Su madre lo lleva de la mano. Han entrado en el vagón y se sientan frente a mí. Se llama David. O eso pone en su gorra. La madre le pide que se quite el jersey. El niño obedece. Tiene los ojos azules. Tristes como una caja de acuarelas robada.

La madre saca un libro de su bolso. Junta su cabeza a la de David y le habla bajito. Pasa el dedo por encima de las letras y éste aparta la vista de las hojas. Mira al suelo y luego la punta de sus zapatillas. Son de velcro. Con una pequeña tortuga ninja dibujada en el empeine. Absurdas. Graciosas.

Ella se ayuda de los dibujos del libro para captar la atención del niño. Parece un libro de medicina. David no entiende nada. Balancea los pies y sonríe a Donatello. Está en la punta de sus zapatillas. Una tortuga verde comiendo un trozo de pizza.

David no entiende qué significa leucemia. Ni quimioterapia. No entiende por qué no tiene pelo.

Me rompo. Lloro. Entiendo por qué esa gorra roja. Y no entiendo por qué la vida te pone la zancadilla. A los cinco años.

VÉRTIGO

Soy el diseñador de montañas rusas emocionales. Las dibujo sobre un espejo e imagino que el extremo de mi dedo es un fósforo. Que las incendia al escurrirse sobre ellas. Precipitando a la vagoneta, tras el chirrido y el traqueteo, al vacío sobre raíles. Soy la irascibilidad tras la mamada de felicidad tras las ganas de matar. Soy el hombre solitario. Soy el centro de la fiesta. Soy el degollador de egos. Soy la erupción de rabia. Soy el silencio de la nieve. Soy la pluma que se escapa de entre las costuras de un saco de boxeo. En una realidad inventada, en la que el sonido se propaga en el espacio exterior. Y los sacos de boxeo se rellenan con plumas. Una realidad en la que mis gritos llegan desde Urano hasta mis tendones. Soy la aguja del sismómetro instalado en mi cabeza. Soy el saco de rabia que reposa entre dos placas tectónicas. Soy el diseñador de montañas rusas emocionales. De este parque de atracciones. Clausurado y derribado. En el que ya sólo me divierto yo.

TRES PESTAÑAS

Abrí tres pestañas en el navegador de mi cabeza. Para pensar en el amor, en la muerte, y en el crocanti. Comíamos al sol y los catorce meses de Claudia dejaban caer las cucharas al suelo. Una y otra vez. Para cabrearnos y divertirse. Rebeldía recién adquirida. Recé, en silencio, para que nunca la pierda. Ojalá envejezca desafiando al mundo tras su grapadora de dientes de leche. Miré a Judit, al trasluz del vino, y su imagen invertida, parecía el negativo de una foto robada. Perfecta y estática. Suave. Silenciosa. Sin apenas ruido blanco en la mirada. Hundí la cuchara en el crocanti y asumí que todo aquello desaparecería. De la muerte me asustaba la incapacidad de evocar momentos perfectos. La imposibilidad de reconstruir un escenario ficticio a voluntad. Abrí una cuarta pestaña, para la impotencia, y dejé caer una lágrima sobre el rastro de nata. Después, el navegador se cerró. Y desapareció en mi bulbo raquídeo, como la espiral de agua que se pierde en el desagüe.

SIN (X)

A esta biografía sinusoidal la llamaré vida.

Escribiré tu nombre, en todas las paredes, con mi tipografía de sangre y esperma. Se puede plagiar una frase, un gesto, un orgasmo, pero no una vida.

Mi único rito cristiano de domingo es peregrinar hasta el faro. Esta cruz sin travesaño. Que no alumbra desde hace años. Apago las luces, paro el motor, bajo la ventanilla. Escucho la indecisión de las gaviotas. Las olas tienen la misma espuma que en las ilustraciones japonesas. Lo único que me ilumina es la noche. Hay poesía en cada derrota. La victoria es la culminación de lo superfluo. Me voy a lanzar al mar. Y esperaré a que la vida me derrote.

En alguna parte de mí hay un niño que le sonríe a la aurora boreal. Le pondré un cascabel en cada uno de sus dientes de leche para saber cuándo sonríe, y encontrarlo en la oscuridad.

A esta biografía sinusoidal la llamaré vida.

COMPULSIÓN

No sé a qué se debe esa extraña compulsión. Que chupa el cerco de la aceitera sobre el mantel. Las cápsulas de café. El hierro rojonegro de las entrepiernas. Mastica, muerde, y roe los huesos de pollo, que se astillan y clavan como ideas en mi paladar. Y traga, mucha agua al nadar, en cada bocanada, hasta que el horizonte se convierte en una línea paralela al resto de listones imaginarios.

La vida es preciosa. Especialmente en esos intervalos en que no eres consciente de la realidad. La realidad, esa puta vestida de domingo. Que te llama de noche, pero nunca duerme contigo. Seguiré bebiendo vida, directamente del cartón, con la boca muy abierta. Mientras la leche se escurre por las comisuras, y cae al suelo empapándome los pies. En esta casa hay más tazas de café vacías que bombillas encendidas.

Yo perdí la vida hace tiempo. No sé a qué se debe, de pronto, esa extraña compulsión.

Me estoy volviendo lo suficientemente primario para no aspirar a ser feliz, únicamente quiero sobrevivir. La obsesión por matarme se ha convertido en una obsesión por mantenerme vivo. Tengo la sensación de haber deformado el tiempo a mi favor. Y cuando digo a mi favor, hablo desde la orilla de la muerte. Aquí no hay arena. Sólo el cristal del reloj vacío, que abomba la perspectiva de cualquier miedo, cuando miras a través de él.

TOPE

Le llamamos hacer tope. Ella acerca la cabeza hacia ti, y posa la frente sobre tu frente. En una reverencia infantil. Cuando las frentes se tocan, su hilera de dientes queda al descubierto. Y sonríe. En silencio. En señal de victoria. Es su forma traviesa de decir hola. Te quiero. Qué tal. Me suenas. Un beso.

No nos entiende cuando le hablamos. Ni nosotros a ella, cuando chupa las sílabas, las envuelve en saliva, y las escupe. Pero algún día, nos sobrevivirá. Enterrará. Y asistirá a nuestros funerales.

Acaba de cumplir un año. Su juventud nos envejece. Cualquiera de nosotros daría la vida porque fuera feliz. Literalmente.

FRACASO

Y Dios, en un ejercicio de estilo,
se quitó de en medio.

Y con él, suicidó al mundo,
al entender
el fracaso
de su planteamiento.

PULPO

Lo peor es sentarse y no saber. No saber cómo empezar ni qué forma darle. Tratar de dibujarlo, en el aire, con las manos. Estirarlo y deformarlo, y después, digerirlo, ahí dentro. Tragárselo, cerrar los ojos, y seguir moviéndote al ritmo de la música que sólo suena en tus canales auditivos. Pensar en ello como algodón de azúcar.

Lo peor es sentarse y no saber. No saber cómo describir un sentimiento. Mirarte las manos y no entender por qué siguen quietas. Por qué no reciben impulsos eléctricos. Por qué no se mueven. Por qué no teclean. No saber vivir, no saber reaccionar es perdonable. Pero no saber escribir, después, en el refugio de la distancia, no lo es. Es un acto cobarde de incapacidad.   De   miedo   al   miedo. El algodón de azúcar, un cuerpo extraño, en la garganta. Una madeja de pelo enredado en la tráquea del marinero. Que, con las manos temblorosas bajo las mangas de la chaqueta, trata de dibujar al pulpo, en el aire, sin apartar la mirada del mar. Y vuelve a casa, pone a hervir agua, vuelca los tentáculos del recuerdo en la cazuela, y asume en silencio que nunca ha sabido escribir.

CAPILARIDAD

Son tus venas trepando
hacia tu vientre
hacia tu cuello

ese enjambre cabreado
de capilaridad
verdosa y enrabietada

que ilumina la Antártida de tus veintidós años
convirtiéndola en un bosque quemado.

En mi cabeza, tú siempre tendrás
la edad con la que te conocí.

Envejeceré mirándote y bebiendo café,
con el mismo desdén que si estuviera
emborrachándome.

GENOCIDIO

En los genocidios la gente muere mirando al suelo. La esperanza dispara el miedo y ordena la genuflexión de la mirada. Estamos ante un genocidio económico. Dando pasitos de princesa, con los hombros encogidos, musitando, por favor, yo no. Tengo mujer e hijos, por favor, yo no. Perder la esperanza es la única esperanza. Las protestas pacíficas son poesía. Preciosas, pero inútiles. Los cascos seguirán avanzando hacia ti. Hasta que alguien avance hacia los cascos. Mientras tanto, el formaggio marcio de la democracia, seguirá en su proceso de putrefacción, fermentando y realimentándose de política, justicia, y cualquier forma de poder establecido. Después cimentarán el hueco de la fosa, y nuestra rabia, yacerá tímida y amontonada, junto al resto de rabias. Dura, azul, y maniatada. Nuestras fotos, serán en color, tras una alambrada diferente, pero para una Solución Final muy parecida. Deberíamos empezar a levantar la mirada del suelo. Para no aparecer en la foto.

LIBÉLULAS

El único regalo de la literatura es pertenecer a un mundo irreal. El mundo real es una herencia cruel, servida en bandeja de plata, por un mayordomo teócrata, que corta el cordón umbilical. Irreal como adornado, blando, e incipiente, como el vello púbico en la infancia. Irreal como los muyahidines que suben a los minaretes de mi cabeza y, poco a poco, disparan la letanía de voces. Que convierte algunas palabras en emperadores, al menos, durante algunos segundos. Y después del confeti, sólo queda limpiar las frases, como un arqueólogo quita el polvo, con un cepillo suave, de algo que cree un descubrimiento. Regar la calle, rezarle al asfalto mojado, y atarse los cordones. Podría escribir una palabra en la luna empañada de cada coche. Y construir así, un poema de muerte y frío, que atravesara la ciudad. Deberíamos enfrentarnos, en un cuerpo a cuerpo, hoy, que os sentís poderosos en vuestras resacas. Aquí, en el barro en el que se trenzan las frases. Desnúdate. Los cuerpos teñidos de pintura fluorescente han salido a volar como libélulas. Todavía brilla algo dentro de nosotros. El único regalo de la literatura es pertenecer a un mundo irreal.

FLOTACIÓN (LÍNEA DE)

Y ver de cerca cómo se desconcha la pintura de la línea de flotación. Que se despega, seca, como piel muerta. Y tratar de recordar cuándo fue la última vez que la barnizaste. Y posar la nariz sobre el óxido y el tiempo. Cerrar los ojos y los puños, junto al casco, aspirar hondo, y recordar en el bulbo raquídeo, el olor del esmalte. Y verte a lo lejos, mirándome con prismáticos. Con un lápiz tras la oreja. Y los cálculos sobre el papel. Del ángulo y la dirección. De tu próximo torpedo. Sobre mi línea de flotación. Y decirme a mí mismo. Pienso sellar las fisuras con pomada de rabia. Argamasa de odio. El único error de envejecer es tratar de evitarlo. Mis arrugas son una bandera acartonada a la indiferencia. Este barco ya no se hunde. Zozobra, pero no se hunde. La inscripción en el escudo de París. Fluctuat nec mergitur. Odio las frases en latín. Los disparos son sólo titulares. Las víctimas se ríen al leerlos.

TOBILLO

Sus bragas, siempre sus bragas, en el suelo, como un herido de
guerra
y los polvos, furtivos, como en enemigo a las puertas.

Después la ducha, la trinchera, y el sueño
y el tobillo, fracturado, machacado, anclado
y al despertarme, encontrarla, con un martillo junto a mi pie
izquierdo,

para abrocharme al suelo de la realidad
dijo,

si es que eso existe, más allá del margen inferior de una hoja
en la que un niño dibuja
a los hombres abajo, y a las gaviotas arriba.

ISQUEMIA

Cada vez que miro al horizonte, veo la muerte. Es una frase de mierda. Pero una realidad aplastante. Al menos, entre el hueco que queda entre mi retina y mi lóbulo frontal. Mi odio por la condición humana, sólo es comparable a mi fascinación por ella. Contra una pulsión se debe luchar, contra un sentimiento no. Llevo ocho años escribiendo las mismas diez líneas. Variaciones sobre un mismo texto, que no dejan de ser correcciones sobre una vida. En el espejo cada vez queda menos cuerpo. He perdido algunas cosas. La próxima soy yo. Poso la yema de los dedos sobre bombillas hirviendo para seguir sintiendo. Soy un aficionado, gritando, en un estadio vacío. Cuando cierro los ojos veo células a través de un microscopio. Cuando los abro, las palabras no se han ordenado. Todo sigue pareciendo una hélice de ADN. La capilaridad de las ramas de los árboles dibujada sobre la acera en otoño. Hasta hace dos años sólo pensaba en matarme. Después entendí que mi único activo era mi propia vida. Un activo que dejo que se deteriore. Esperando que cruce la pantalla de cotizaciones trazando una enorme vela roja. Y después desaparezca en un píxel. Cotización suspendida. Cuenta cerrada. En mi cabeza, los bytes siempre han sido azules. Por escurridizos y letales. Nunca verdes sobre negro. Ahora mismo, puedo notar como atraviesan el cable, lentos como gotas de lluvia en el tejado de una favela. Prevalecer no es el objetivo. Ni siquiera perdurar. Hay que iluminar algunas cabezas. Y después desaparecer. Sólo eso. Como una isquemia.

GALGO DE ALAMBRE

Te pasas la vida como el cristal que protege a un extintor. Preparado para el impacto. La ruptura. El estallido. El humo. Y la deflagración. Te pasas la vida esperando salvar algo. Con la reposada certeza de que el momento llegará. Y te depuras. Hasta convertirte en algo rápido y fuerte. Un galgo de alambre. Inmóvil. A la espera. Romper en caso de incendio. Y un día te mueres. Y no hay nadie que te salve. A ti. Y, por fin, entiendes la decepción de la reina comida por el peón. Mientras el fuego avanza, convirtiendo el hilo de alambre en un pelo azabache. Frágil, quebradizo, y asustado. Que cae al suelo. Como un patinador en una pista de hielo en Navidad.

CINISMO

Vivir es un acto de cinismo
puedes follar con alguien pensando en otro alguien
puedes comerte un yogur con muesli mientras un niño africano
se pudre en alta definición
puedes doblegar tus ideales a cambio de metal.

Incluso, si quieres, puedes escribir
vivir es un acto de cinismo.

Y esperar a que eso te convierta
en mejor persona,
como si la literatura fuera capaz de algo.

No me mires con esa cara,
Rimbaud traficó con esclavos.

CAFEINÓMANOS

Los hombres tienden cuerdas entre los edificios que albergan sus miedos. Y se dedican a dar saltitos de ardilla sobre las sogas trenzadas. Mirando abajo. Al abismo que burbujea de irrealidad. Mientras las ancianas toman fotos desde la acera para contárselo a sus nietas al llegar a casa. Ancianas que, en su momento, perdieron a hombres que atravesaron sus propios edificios. Y que como los actuales tomaban mucho café al alcanzar la siguiente cúspide. Porque sabían que el próximo miedo, ya tenía los cristales limpios. Dispuestos a reflejar. El estúpido bigote de ira y pánico. Somos una raza vencida de funambulistas cafeinómanos.

INTERRUPCIONES

Qué es lo que más me gusta de la vida. La vida, en sí misma, supongo. Los cubitos en el vaso de café, irisado a contraluz. El sexo. El cáncer en los niños. Reconocer un olor de la infancia. La forma de algunos pétalos. Las muertes súbitas. Los magos malos. La ausencia de aire en el espacio exterior. La crueldad innata. Los nombres rayados en las mesas de madera. La perfección de la envidia. Acercar una boca a una boca. Escribir alma sin entender qué es el alma. Lo edificante de la decepción. El olor de la sangre vaginal en las manos. Contemplar una burbuja de aceite aislada en agua hirviendo. Los escritores que se adelantan a la muerte. La vaga intención de la religión por convencernos de algo. La tristeza de los ventrílocuos. La hipotermia en un cuerpo con sabor salitre. Mi miedo absoluto a cualquier forma humana. Las margaritas. Las habitaciones en las que nadie debería atreverse a pernoctar en el hotel de tu cabeza. Fingir que escribir puede servir de algo. Dejarse caer. Asumir el dolor, la pérdida, y la derrota. El agujero del subconsciente. Qué es lo que más me gusta de la vida. La vida, en sí misma, supongo. Con su sucesión de microorgasmos y violaciones. Que en ningún caso son tan importantes. Sólo interrupciones.

DESVENCIJADO

La cabeza ya no es una caja negra. Lo único bueno de envejecer es olvidar todo lo que he escrito. La polla fuera, colgando, como una duda ante el espejo. Mientras la cocaína trepa, arengando a las arañas que se alzan hacia las terminaciones nerviosas, estalactitas heladas. El humo es una cadena de niños incendiados que no ha aprendido a gritar. La cara del batería evoca la de todos los muertos, un charco de sangre, en el matadero, tras la quinta canción.

La única finalidad de la poesía es resbalar por los escurrideros del alma. Los misántropos necesitamos la sociedad para recordar el objeto de nuestro odio.

NIEVE ROJA

Noto cómo me palpita el corazón
en los lagrimales,

una gaita,
que se abulta
azul,
bajo los párpados
en plena taquicardia.

Y he permanecido
quieto en mitad
de la noche,

con la tensa inmovilidad del muñeco de nieve
que espera al deshielo
para liberarse
y desangrar su agua,

hasta que los botones de sus ojos
vean, desde el suelo,
cómo oscila la zanahoria
sobre el charco de lo que fue.

ROPA TENDIDA

Cuando se ríe, sus tetas se levantan al cielo. Como la ropa tendida las mañanas de viento. Tiene en los ojos, el brillo del que guarda un secreto. El brillo de quién acaba de entender algo al hacer una travesura. Las briznas de hierba pegadas en la cara mojada. La sonrisa de quién está tan drogado de vida que parece no pertenecer a ella. No vive con intensidad, es la intensidad. Un millón de vectores emergen de sus hombros cuando baila. Nunca sé dónde correrme para no ensuciar tanta vida. Mi torpeza sólo es comparable a mi admiración. El amor nace las mañanas de viento.

MONSTRUO DE CORCHO

El monstruo de corcho
deja que la lluvia se filtre por sus fisuras
notando cómo se desmigajan sus tripas
junto al mar.

El monstruo de corcho
es mi padre
el único hombre al que he querido.

Le miro
junto al muelle
mientras fotografía el horizonte.

Me tiende la cámara y sonríe,
hazme una foto
así tendrás un recuerdo.

Ninguno de los dos
soportará ver morir al otro.

El monstruo de corcho
ya no me lleva a caballito.

He dejado que la cámara
se hundiese en el agua,

una metáfora suave
Caronte.

DESASOSIEGO

Me asusta pensar en todas las vidas que podría vivir un
hombre.

Y asumir la imposibilidad de vivirlas todas
o, al menos, fingirlas,
me provoca un desasosiego violento y extraño,

que me impide pensar en otra cosa que no sea matarme.

ESCHER

Odio debería ser la primera palabra en todos los cuadernillos de caligrafía. La religión es un pretexto para no pagarle las copas al diablo. Como el diablo forma parte de la religión, es una escalera de Escher que nos lleva siempre al mismo bar. A beber solos. El cáliz de nuestra sangre. Tomad y bebed todos de él mientras las zarzas ardan. La mezquindad de los grillos seguirá despertando a los arcángeles que desde sus ventanas miran como meamos en la puerta de este bar. Sin atrevernos a saltar al vacío. De la escalera de Escher. Siempre hay una punta de lápiz rota en el interior de un niño.

PARACAIDISTAS MUERTOS

Todos pensábamos que el futuro era un sitio mejor hasta que
se convirtió en presente.

Todas esas suposiciones como cartas de un mago lanzadas al
aire,
cayendo como paracaidistas muertos.

Esas pócimas de felicidad disipadas,
como latas abiertas en el fondo de la nevera,
bajo la bombilla cubierta por vaho y mierda.

Estábamos convencidos de sonreír en la autopsia,

pero la neblina escocesa ha ido ensombreciendo cada píxel de
arena de una playa imaginada,
en la que apetecía morir ahogados, felices, y borrachos.

Incluso las flores, sobre las tumbas, tenían mejor pinta, más
vida.

El futuro ha venido a decirnos, que fue error enamorarnos de
él.
Sólo teníamos que follárnoslo.

SÍNTESIS

El mundo no necesita poesía, necesita síntesis. Seguramente exista una diferencia entre ser un hombre y ser un niño, pero yo todavía no la he encontrado. Mis huesos son los mismos. Frágiles como la duda. Mi timidez, un doble parpadeo antes de cualquier respuesta. Y la rabia, es la cabeza del toro que no escarba. La poesía, es la excusa del que no hilvana dos frases. Y la edad, el pretexto del cobarde.

Mientras la vida empiece y acabe con un beso. Se podrá escribir lo que nos dé la gana. Incluso hablar, de cómo crecerán nuestros dedos, una vez muertos, hasta llegar a acariciar la aurora boreal, a través de las paredes del iglú de muerte. Pero el mundo no necesita poesía. Necesita síntesis. Así que nada de pirómanos bicéfalos, que enciendan una a una todas las velas de nuestra pista de aterrizaje las mañanas de niebla. Nuestra cabeza es un cubículo químico, no una cajita de acuarelas.

GRASA

Ojalá las manos se quedaran grabadas sobre el cuerpo deseado
como las huellas grasientas de un niño sobre un cristal mojado

Mientras la irascibilidad, funámbula, sobre las cabezas
las mañanas de domingo,
el demonio perfila sus ojos con un lapicero de madera.

El limón, tras ser cortado, deja exquisitos rastros plateados
sobre el filo del cuchillo,
y la ginebra abulta el cuello como una riada atravesando la
papada.

Todo seguirá pareciendo inconexo
como los morados círculos concéntricos
en el interior de la remolacha,

y continuaremos creyendo que la distribución de los lunares
en un cuerpo (humano)
es un acto aleatorio,

mientras el niño de las manos grasientas proseguirá,
lentamente,
palpando los cristales adecuados.

PACO IBÁÑEZ

Mi padre no entiende que no pueda escuchar el poema de Goytisolo, Palabras para Julia, interpretado por Paco Ibáñez. Volvíamos del funeral de Fernando, el único amigo de mi padre. Yo tenía diez años. Estaba sentado en la parte de atrás de aquel Renault 18 plateado. Las gotas de lluvia se perseguían en el cristal. Escuchábamos a Paco Ibáñez. Entendí, por primera vez, qué significaba la muerte. Fijé la vista en el pivote rojo del cierre centralizado para intentar no llorar. Le veía desde atrás y sólo quería abrazarle. Ahora que aún no ha muerto, y se me ahorca el hígado únicamente al escribirlo, quería que supiera por qué le pedía que cambiase de cinta. Paco Ibáñez, en mi cabeza, siempre ha representado su muerte.

GRACIAS

Y de pronto, esa explosión de vida. Como una boca de incendio reventando. Un cuerpo entrando en el mar. Atravesando el agua. El zumbido en los oídos. La descompresión. La espuma creciendo al cielo. Como un trasbordador atravesando la atmósfera. Y la cola del cohete dejando el rastro del recuerdo. Y los ojos cubiertos de sal. Las bocanadas dentellando el oxígeno. Y el oxígeno violando al cerebro. Y mirar a la orilla y ver correr a un galgo. Y hundir la cabeza y sonreír al reflejo dorado de la arena en suspensión. Y mirar a la orilla y ver correr un guepardo. E intentar buscar un metrónomo interno. Y recordar que eres sordo por voluntad propia desde hace una vida. Y apretar los ojos. Como si eso sirviera para evitar ver las imágenes de dentro. Subtituladas, en azul, y a cámara lenta. Mientras la espuma inicia de nuevo su viaje descendente hacia la superficie. Modificando la trayectoria del optimismo. Y calando los tobillos de los niños desamparados. Y de pronto, esa explosión de vida. Al comprender, por fin, que tu amor desimanta todas las brújulas que apuntaban al suicidio. Gracias.

POSTALES DESDE BOSNIA

El queso burbujea, formando pequeños iglús de grasa, en el fondo de la cazuela. No tengo grandes planes para la cena, ni para la vida. Tus postales llegan desde Bosnia con frases que aplastarían almas de titanio. Nunca había estado en un país en el que la gente de mi edad hubiera vivido una guerra. Vuelve pronto. No quiero estar solo ante a la deshumanización del mundo. Lenta y paulatina como la gota que horada. Estoy pensando en guardar mi apocalipsis en un puño. Y acercarlo a la boca de un niño. Pedirle que sople. Y ver si así desaparece. El niño sopla y el fogón se apaga. El queso muere en pequeños fractales de corteza quemada. No tengo grandes planes para la cena, ni para la vida. Me haré una paja para calmarme. Préstame tu cuerpo. Será un momento.

JUDIT

He estado escribiendo un poema que no hacía justicia a lo bonita que estabas ayer de negro, un poema malo, terriblemente malo, o al menos no lo suficientemente bueno como para ser leído, o publicado, lo he borrado claro, como cualquier cosa que no te hace justicia (sí, yo también odio la expresión hacer justicia), pero la esencia, la tuya, ante la cámara, permanece en mis pupilas, y trato de imaginar cada uno de tus graciosos movimientos desde el momento en que apagas la pantalla hasta que entras en el bar, saludas, te tomas algo, te haces un par de fotos, entras a mear, coges el bolso, y vuelves a casa, te quedas en calcetines, preparas colacao calentito, y mordisqueas la punta de una galleta, y me escribes un mensaje precioso y perfecto, que me alegra la noche, y ayuda a seguir soñando contigo, y me duermo de nuevo, y me despierto, y releo tu mensaje, y pienso, joder, parecía que estuviese aquí, y me giro hacia tu protegido lado de la cama, y lamentablemente no estás, y me ducho, y me largo con una sonrisa de pena y de ganas, y me lanzo a la calle como agua hirviendo, y te escribo un mensaje bien intencionado y no muy certero, diciéndote lo mismo que aquí, que, en el fondo es lo mismo que te digo siempre, y rechino, y miro el móvil, por si hay alguna noticia tuya, o por si el tiempo pasa más deprisa, y verifico que aún no sea viernes, y repaso mentalmente todos los frames que guardo en mi cabeza de todas las veces que te la he metido, y sonrío, y bajo a por un café, y lloro por el ojo bueno, y una puta lágrima licua un café corto ya de por sí malo, y entro en el baño, y tiro el café, y me hago una paja, y me siento ante el teclado, con tus pecas todavía en las manos.

CLAUDIA

La miro, mientras se estira intentando alcanzar los extremos de la cuna. Me pregunto con qué soñarán los recién nacidos. Abre los ojos, los cierra, se araña la cara. Me pregunto qué se sentirá al no poder sentirse decepcionado. Musita, late en una permanente taquicardia. Me pregunto cuántos enanitos químicos tapizarán sus sueños. Todo parece suave, una masa informe de inocencia. La leche entra en su cuerpo, con la extraña condescendencia de un río bíblico. Inundando el bosque de células que aún nadie ha barnizado y convertido en un jardín botánico de recuerdos públicos. Me pregunto cómo funciona la vida. Eructa y se queda dormida. La quiero, de un modo ajeno.

CAJÓN

Cada mañana la vida
se sube a un cajón,
acaricia la soga,
traga saliva,
desciende del cajón,
se concede otro día.

ALTA MAR

Los hombres cobardes nos inventamos una vida y fingimos vivir a través de ella. A veces incluso escribimos, con pretendida grandilocuencia, de palabras enormes. Grandes como los pulgares de un gigante. Pero lo cierto es que nunca hemos visto uno. Y no le hemos aguantado la mirada. Ni al amor. Ni a la muerte. Ni a un perro.

Los hombres cobardes asesinaríamos a cualquiera con los dientes, siempre y cuando, ese cualquiera no existiera. Después limpiaríamos cuidadosamente el rastro de nuestra mentira, en la calle y en nuestra cabeza, y enviaríamos la esquela al periódico menos leído.

Los hombres cobardes nos quedamos en la orilla, hablando de alta mar.

Los otros hombres, los de verdad, simplemente no fingen. Y se alejan braceando.

RAYAS

Todo empieza con una raya sobre un papel. Después dibujas la copa de un árbol. El tronco. El tejado de una casa. Una bicicleta. Un rombo. Una esfera que circunda al rombo. La línea discontinua de una carretera. Una bandera arrugada. Fuego. O una hoguera. O al menos algo que arde. Un hombre muerto. Bueno, un hombre muerto no. Una cabeza separada de un cuerpo. Y después empiezas a unirlo todo. Con nubes de tinta. Calles de tinta que tienden puentes entre las ideas. Trazos sobre trazos que conforman la tormenta. Rayas que se abultan como los lazos de la trenza de una niña. Y la tormenta crece y rompe y diluye el dibujo y el paisaje de playa se convierte en un cementerio en la niebla y el único amarillo que sobrevive es la luz dorada que emana de las tumbas. La rabia empieza como una raya sobre un papel. Y acaba emborronándolo todo.

VAIVÉN

Nos sentábamos a escuchar el mar y todavía ni siquiera comprendíamos qué era el mar. Después mamá recogía las toallas y papá acercaba el coche para que no nos pincháramos con las rocas.

Recuerdo el día que le arranqué del cuello la cadena a papá y estuvieron horas buscándola en el vaivén de arena inquieta del fondo. Les estuvimos mirando desde la orilla, durante horas, comiendo patatas, arena, y Nivea. Pero aún no comprendíamos el valor de un recuerdo, ni siquiera la importancia de recuperarlo.

Volvieron con la espalda quemada, sonrientes, y la cadena rota encerrada en el puño. Hoy al tumbarme sobre tu vientre embarazado, en la misma playa, frente a la misma boya, he entendido porqué mamá sonreía al salir del agua, y apretaba tan fuerte el puño.

EDEMA

Su coño es un refugio de alta montaña. Paredes de piedra y techos de pizarra. Chimenea y libros junto al fuego. Calcetines en el suelo.

Su coño es un refugio de alta montaña. Lobos salivando tras el vaho de los cristales. El silencio previo al alud.

Su coño es un refugio de alta montaña. Un campamento base a los pies de la arista de la cara norte. Un lugar en el que refugiarse. Y esperar convencido al inevitable edema cerebral. Que te vuelva loco. Y te mate.

PULSO

¿Dónde queda el pulso de los hombres si el mayor de nuestros logros ha tenido lugar en un trabajo?

¿Dónde queda el pulso de los hombres si la situación más arriesgada que hemos vivido ha sido pernoctar en un aeropuerto?

¿Dónde queda el pulso de los hombres si el único legado del que somos capaces es un puñado de palabras?

ATOLONDRADO

Me siento como un animal recién parido,
atolondrado y nervioso,
arrogante ante la inmensidad de la vida.

Y el cerebro suspendido por la cafeína,
flotando como una patata en agua hirviendo,
como unas bragas sujetas por dos pinzas
ondeándole a la vida.

La prosa es la puta de la poesía.

Me siento como un animal recién parido,
un borbotón de lo que será una fuga.

Verle las orejas al lobo
ayuda a recordar
que sigues estando en el bosque.

VERJA

He levantado una verja electrificada en torno a mi inmadurez
para preservarla de las manos de los hombres
obsesionados con convertirme en una réplica de su fracaso.

Sólo quiero ser un niño que sigue arrastrando un tren
por los raíles de su imaginación.

Y seguir al margen del mundo que arquea las cejas,
con pretendido escepticismo,
al otro lado de la cerca electrificada.

Sonreiré para cada uno de vuestros flashes
en todas vuestras visitas al zoo de mi irrealidad.

ABRIGO

He ofrecido mi cuerpo para que lo desuellen. Lo cosan y lo remachen. Para convertirme en tu abrigo de piel humana. Y ser lo único que separe la palidez de tu cuerpo de la palidez del frío. Mientras la nieve martillea, en su caída, cualquier intento de supervivencia.

He ofrecido mi cuerpo para que lo desuellen. Y dejar que la luz negra que emane del contacto entre nuestros cuerpos. Marque, sobre la nieve, un rastro tizón, como una lágrima de maquillaje.

MALETERO

Cualquier hombre guarda un cadáver en el maletero de su consciencia. Es lo único que suena en mi cabeza al afeitarme tras varios años sin hacerlo. Y descubrir al hombre que quedaba debajo. El hombre que dejó de ser. Para deslizarse por las enredaderas de la culpa y abrazarse a los barrotes de cualquier recuerdo inventado.

Me gusta pensar en la vida como el poso de agua que nutre un ramo de flores. Al final el agua se consume y las margaritas se marchitan.

Aquella noche, junto a las flores, te ganaste el resto de mis vísceras que no eran mi corazón. Fui incapaz, claro, de dejarlo por escrito. Ni siquiera pude pronunciarlo. El silencio, siempre el silencio, ante las cosas importantes. El silencio, únicamente cubierto por las canciones para el tiempo y la distancia que seguirán sonando en alguna calle mal iluminada de nuestras cabezas. Cualquier hombre guarda un cadáver en el maletero de su consciencia. No sé si maniatado, pero sí amordazado. Para que preserve así el silencio que se espera de los muertos.

AZUFRE

Me asustan los médicos que creen en Dios. Y la anestesia entrando con la pesadez del mercurio. Una mancha de sangre en el techo del quirófano con la forma de Sicilia. La sangre en las vendas. Las venas como espaguetis. Siento el sistema nervioso como un bulevar de Shibuya. Agitado, acelerado, y loco. Noto calambres como vagonetas de cocaína atravesando una mina de azufre. Trato de ordenar las ideas y alinearlas como latas de conserva en el escaparate de un colmado. Se caen al suelo y se desparraman como cimientos de arena. Los calmantes dibujando objetos que emergen de la pared y se acercan a mis miedos. Y mis miedos rodeándome como diez vaqueros encañonando al último indio. Y la anestesia desapareciendo lenta y tranquila como una niña deslizándose por el tobogán de un parque acuático. Me asustan los médicos que creen en Dios.

REBANADAS

Pienso en los asesinos que se santiguan antes de apretar el gatillo. Y pienso en las mujeres que se pintan los labios antes de besar a alguien que no quieren. Pienso en las madres que madrugan y cortan las rebanadas de un bocadillo para un hijo que no es su hijo. Y pienso en el sacerdote desnudo que le tiende un tubo de pasta dentífrica al monaguillo vestido. Pienso en los hombres del tiempo obstinados en predecir un futuro y pienso en los arqueólogos obsesionados con dibujar un pasado sobre la arena. Pienso en los hombres que afilan sus lápices para construir algo y pienso en los hombres que acarician metralla para demolerlo. Pienso en los hombres que comen pan y pienso en los hombres que barren las migas. Pienso en la nobleza de las mujeres y pienso en la nobleza de los hombres y me siento como un hermafrodita comparando dos días nublados. Y pienso, sobre todo, en Dios cascándosela mientras alzamos levemente nuestras cabezas hacia él y sacamos la lengua a la espera de un nuevo día.

RECHAZO

Hay algo en las cartas de rechazo
doloroso y liberador.

No importa que procedan de
un trabajo,
una mujer,
o una editorial.

Hay algo en las cartas de rechazo
que levanta un huracán
en el interior de cualquier cabeza,

arrasando todo a su paso
y convirtiendo la incertidumbre
en escombros

sobre los que seguir escupiendo.

HIPERGONADISMO

Me resguardé, bajo el hipergonadismo de un caballo flaco y débil como la moral humana, de la lluvia violenta y repentina en un pueblecito escocés. Un pueblecito escocés que no era sino mi cuarto de baño cubierto de vaho y engullido por la neblina que el agua caliente levanta. Una lluvia violenta que no era sino la de mi sangre deslizándose por entre los canales de mi escroto. Crin de caballo emergiendo de mi piel que no era sino el hilo de los puntos de sutura.

Un hipergonadismo ajeno que no era sino el mío propio. Me resguardé, bajo el hipergonadismo de un caballo flaco y débil como la moral humana, de la lluvia violenta y repentina en un pueblecito escocés.

ZEPELÍN

Y salir a la calle con el tempo perfecto
como un recién nacido o un hombre tras una lobotomía.

Subido al zepelín de mi realidad acolchada,
donde los armónicos de mi voz transforman cualquier atisbo
de tristeza,
en bombillas, banderines, y guirnaldas de celebración.

Y la barba crece,
como afrenta a todos los intentos de perfección humana,
ácrata y desinhibida,

como una virgen bucea desnuda,
la primera noche tras su muerte,
a los pies de Dios.

Y salir a la calle con el tempo perfecto
sin más armas que uno mismo.

HEBRAS

El suicidio de los espárragos tuvo lugar entre la una y las cuatro de la mañana. Sus cuerpos reposaban en el suelo como cadáveres en Sinaloa. Se desconoce cuál de ellos fue el catalizador del acto. El agitador que empezó a revolverse dentro del tarro. Y contagió el movimiento al resto hasta conseguir la vibración necesaria. Para desplazarse al extremo de la repisa y precipitarse al abismo.

Ahora que todos se miran entre sí, mientras agonizan, tratando de averiguar quién fue el instigador. Se deshilachan sus hebras de vida ante la sospecha y el estupor de la incomprensión. Y su fecha de caducidad, aún lejana, reposa junto a sus cuerpos, sus nombres, y los casquillos de cristal. El suicidio de los espárragos fue barrido y fregado como cualquier otra muerte.

ILUSIÓN AMORDAZADA

¿Qué será lo que se agita ahí dentro? ¿El alma? ¿La consciencia? ¿Un hombre furioso y atrapado? ¿Todos los procesos naturales? ¿Las interrupciones eléctricas del cerebro? ¿Quién agita esa rabia? ¿Un asesino? ¿Un cobarde? ¿Un hombre asustado? ¿Dios? ¿El dolor? ¿Quién enciende las luces en mitad de la noche? ¿La inercia? ¿La angustia? ¿La ira? ¿El hígado? ¿Nerón? ¿Quién se pasea con un fusil junto a la cerca de la calma? ¿El niño que no supo crecer? ¿El hombre ante el escarnio? ¿La ilusión amordazada que se retuerce en el suelo con los ojos vendados? ¿Qué es lo que se agita ahí dentro?

LAMAS

Ahora que no se dibuja tu perfil sobre las lamas de la persiana.

El nudo de mi garganta se abomba como una toalla mojada en el esófago.

Han nacido yeguas en las baldosas sobre las que lloraste.

Y han huido como helicópteros en Saigón.

Me he quedado solo. Mirando el techo. Jugando con un lápiz.

Y la duda.

De si escribir algo. O clavármelo en el cuello.

EL PRINCIPIO VIRGEN

Pierdes una parte de inocencia en cada día vivido,

con la resignación del músico ciego que intenta seguir
asociando un color a un sonido,

como el niño que cierra los ojos
ante el olor de la espuma de afeitar de su padre

y recuerda la piel joven apenas porosa
el abrazo enérgico
y el principio virgen de cualquier promesa,

y el corresponsal de guerra fotografía en el espejo
al hombre que fue antes de la mirada del buitre
y no al hombre que el horror ha desdibujado.

La inocencia sólo se recupera ante el pavor de la muerte.

SUPERVIVENCIA

Una vida narrada siempre es mejor que una vida vivida.

Esta forma de no saber escribir se está convirtiendo en mi único recurso literario.

Esta incapacidad para vivir se está convirtiendo en mi única baza de supervivencia.

Una vida irreal siempre es mejor que una vida agotada.

OCÉANO

Machaqué al hombre que habitaba en mí. Mientras que, en el fondo, era él quién se deshacía de mí. Los cuerpos ensartados en la rabia. Como una guirnalda atravesando las ramas de un abeto en navidad. Un galgo enzarzado con un galgo. Un hombre ladrándole a su propia sombra. La estructura violenta de las decisiones desesperadas. Agitando los átomos de todos los lobos que adolecen de una luna el resto de las noches del mes. Mientras el guepardo se mesa los bigotes ante el patito de goma que le sonríe desde la orilla. Y de pronto, la calma, en camisón blanco se moja los tobillos, recoge al patito, y ata al animal. Y el hombre que habita en mí, leva el ancla y despliega las velas perdonándome la vida, una vez más, ante el océano de mi estupidez.

COREOGRAFÍA

Cuando te vayas donaré mis frases a un organismo nacional socialista. Para que convierta la poesía que quede en ellas en propaganda asesina y morir así junto a tu recuerdo. Ayer, mientras dormías, me quedé mirando la coreografía de movimientos aleatorios de tus ojos. Hay algo puro en la involuntariedad del subconsciente. Como el pequeño indio que aparece últimamente en el sueño y enciende un fuego tras la colina. Para después apagarlo y dejarnos ver, a lo lejos, la futilidad del humo. Cuando te vayas habrá un pequeño entierro dentro de mí. Con escasos invitados y olor a tierra recién cavada. La doble moral es un arma de cuádruple filo.

ORILLA

En la pesadilla, ya no eras tú. Sólo el dibujo de algo que se asemejaba a lo que fuiste. Un mecanismo cansado. Unos tendones que ceden. Los bordes de una promesa incapaces de seguir venciendo a la aerodinámica.

En la pesadilla, nadas exhausta. Aliviada, al avistar las barandillas barnizadas de los pueblecitos de la costa. Pero no alcanzas la orilla. El ruido de los tenedores sobre los platos, como en cualquier principio de verano, eclipsa y silencia tu muerte. Las bombillas de las terrazas se reflejan verdes en el agua. Los geranios, impasibles ante la tormenta. Tu cuerpo, las algas, un resorte oxidado.

En la pesadilla, la muerte tímida y salvaje, termina lo que el miedo empieza. Quién se ahoga no eres tú. Soy yo. El miedo del pasado persigue al miedo del futuro.

CASCABELES

Lo sublime de hablar solo es no encontrar la resistencia de las palabras de otro. Nací decepcionado, lo que fue sin duda una señal de clarividencia. Hablaba solo. Pasaba gran parte del tiempo pensando en cómo evitar la confrontación con los demás. Suponía un gran desgaste, aunque un alivio. Hablaba solo. Y las palabras horadaban la nada, violando de horror vacui el silencio. Hablaba solo. E intentaba que las frases se agitasen a lo lejos como cascabeles en la niebla.

PINÁCULOS

Mientras la euforia contenida de la decepción
se agita
como una mariposa atrapada en un frasco de vidrio.

Saltamos entre los pináculos
de nuestras propias mentiras,

evitando que el agua fecal llegue
a los tobillos del puente levadizo,

eludiendo la erosión de la verdad,
como los surcos de la primera huella
del hombre en la luna.

DESARRAIGO

Nunca he sentido nada como propio. Ni mi cara. Ni mi nombre. Ni mi vida.

Inicialmente, el desapego hacia mí mismo parecía algo inofensivo, como el esperma atrapado en el cuerpo de un tetrapléjico. Con el tiempo, el desarraigo se ha convertido en algo meticulosamente obsesivo, como un hombre obstinado en izar la velas de un barco encerrado en una botella.

Nunca he sentido nada como propio. Ni mi cara. Ni mi nombre. Ni las palabras escritas. Ni siquiera la pintura metalizada del miedo ante la vida.

HEXAGRAMA

Dibujó, sobre la mesa, una estrella de David con ketchup. Cada vez que ella se iba, había un pequeño funeral dentro él. Podía notar cómo alguien ataba las flores cuando ella se vestía, maquillaba,   y   escapaba.
Falsa poesía para una vida escrupulosamente irreal. Y el envejecimiento mirándole, cara a cara, desde cualquier reflejo. Y las arrugas abriéndose, como conos de palmeras, al llegar a los   ojos.
Después diluviaba contra su cabeza, mientras huía, en el mar. Atrapado por el perímetro de boyas. Y la noción, de volver a tener cuerpo. Y el corazón, hinchándose como el lomo de una gaita escocesa. Con el olor de la marea cubriendo los poros de las rocas. Y las bocanadas de aire, hundiendo en el agua, las aristas del hexagrama.

TESTUDO

Pensaba en su cadena de rizos sobre la almohada. Mi cerebro ladraba. Podía notar cómo los colmillos se clavaban en las encías del recuerdo. Y la sangre, en la boca, como el miedo de las legiones romanas, avanzando en tortuga ante el próximo embiste. Preocupado por las fisuras y el dolor. Mi cerebro ladraba. Ante las cortinas de la mañana. Incapaz de entender que las movía la vida. Y la cadena de rizos, en torno al cuello, ahogando los ladridos. Y la intención.

FOTOPRES

Incapaces de leer los pies de foto. Aplacados ante el horror impreso de la imagen. Conocedores que el dolor de la palabra siempre es más truculento y real. Aunque la violencia ajena parezca inofensiva. Blanda y manejable como la hogaza. Como los párpados abrasados de mujeres pakistaníes. Revelados en color y colgados de una pared. Sobre las fosas nasales de yeguas heridas que, en su momento, fueron mujer. Nuestros ojos contra sus ojos mellados. Esquivando el frío y la verdad. Incapaces de leer los pies de foto. Conocedores que el dolor de la palabra imprime la historia tras la imagen y el horror.

HUEVERAS

Recubrí, con hueveras, las paredes internas de mi cabeza. Y enmoqueté el suelo. Necesitaba dejar de escuchar los pasos sordos de la ira en el salón de mi sesera. Insonoricé el sarpullido de voces que se asomaban a los balcones de mis entrañas, encendiendo y apagando las luces a cualquier hora. Y acristalé las ventanas de mis ojos, para evitar que el entumecimiento de la pena fugara y salpicase. Amortigüé cualquier tipo de reacción ante la vida. Y acerqué la oreja a los conductos de la calefacción, como un indio agachándose ante la vía del ferrocarril, y esperé el silbido del escape de gas definitivo. Que derrumbase la parte del edificio que aún seguía en pie.

ALGAS

Las manos se buscan como niños perdidos en el desierto. Entrelazándose mientras las imperfecciones del asfalto se cuelan bajo el capó, y el olvido. Y las aceitunas se zambullen en Cinzano como algas muertas hundiéndose en el océano. Podríamos desvincularnos de la vida, pero no del sexo. Dejar que el sexo evolucionase como una segunda vida residual. Y correrme, en tu mano, como símbolo de sumisión y respeto. Y llorar ante cualquiera que fingiese no entenderlo.

BISECTRIZ

Tracé la bisectriz entre la moral y el placer. Y salí de la cama de la mujer blanca y los pezones negros. Cuando la conocí pensé que era un martillo de cristal. Una mujer que podía destruirte definitivamente, pese a ser demasiado frágil para el impacto. No había que maniatar a un personaje, para pensar que tras las marcas de las cuerdas quedaba una persona. Me enfrenté a los capilares azules en los ojos del husky siberiano. Las ramas de los árboles proyectaban sombras famélicas sobre el asfalto. Tus pómulos seguían agarrados a la cola del último cometa. Tu lágrima reventó, al llegar al suelo, creando un bigbang de vida a través de la salpicadura. Bienvenido, de nuevo, a las cuatro letras. Nada.

PAN MOJADO

Las manos rojas bajo el grifo de plata. Rojas como pechugas abiertas sobre la madera. Atrás queda el olor del apio, la cocaína, y el flujo vaginal. Y el agua helando el sentimiento de culpa. Arrastrando la conciencia cerámica abajo. Mientras el jabón se incrusta bajo las uñas como pan mojado. Y las venas, corredores de la muerte, se entrelazan con las líneas de la vida. Las manos rojas se refugian en la selva de algodón de la toalla. A salvo del día. Y la verdad.

TRACERT

Nada responde. Todo se ha caído. Los servidores de nombre de dominio se han colapsado. El tracert no llega al primer salto. La latencias son infinitas. Las cachés se han venido abajo. Los servidores de balanceo de carga se han desbordado. Es imposible resolver un nombre. Las direcciones numéricas están duplicándose a sí mismas. Hay millones de paquetes fragmentados centrifugándose entre el origen y el destino. La espera es el principio de la decepción. La red está empezando a dibujar un agujero negro en torno a ella. Los cursores parpadean dubitativos. Las manos humanas sudan sobre los ratones. Nadie habla. El silencio es el principio de la angustia. Las pantallas reflejan el pavor de las pupilas. El silencio, sobre todo el silencio. Y el color de los diodos congelado en un coma irreversible. El traqueteo de los bits pesado como la culpa prematura de un sistema que falla. Los cables de red abotargados y enredados como arteriolas. Y el colapso esperando su turno, tranquilo, como una enana blanca. Nada responde. Todo se ha caído.

NEUROCIRUJANOS

Neurocirujanos con alzhéimer abriéndose la cabeza ante el espejo intentando encontrar la gota que les lleve a la tubería que fuga sabedores que el progreso no acabará con las nuevas incertidumbres pero el olvido erosionará (en parte) la decepción momentánea mientras cosen, de nuevo, las dos mitades ante el espejo.

FARO

Volvíamos cada tarde al faro a intentar recuperar la luz de aquella fotografía. Cada tarde durante un año, pero aquella luz no volvió. Ni siquiera lo hizo una que se le aproximase. Quizás era la luz de un día que no existió. Imprimida en papel fotográfico. Escondiéndose en la guantera, de todo lo que sí existe. Paré el motor y nos dormimos. Soñé que tocabas el piano en mi funeral. No era mi ciudad y no era mi familia. Pero eran tus manos sobre mi piano. Me desperté acariciando el muslo del asiento del copiloto. Ya no estabas allí. Caminabas hacia el faro. Tu pelo era el de una vestal acercándose al cadalso. Y después, como un anticipo, aquella luz.

CÚSPIDE

Cuando vuelvo de tu casa me siento como un escalador iniciando el descenso tras la cúspide. Alguien que sabe que tras la victoria sólo queda el peligro y el silencio. Un mamífero cansado atravesando el frío y la noche. Un hombre que cree en la lucha del camino pero también un hombre pobre incapaz de pensar en el calor, pese a cerrar los ojos, y ver el fuego. Alguien abatido que decide deliberadamente dejar que los sherpas se alejen. Porque volver siempre es una forma de derrota.

BURBUJA

Intenté crear una burbuja agradable de irrealidad en torno a todo aquello. Un perímetro confortable e ideal que mantuviese alejada la palidez de la realidad, que no era otra sino la mía propia. Todo debía parecer bonito y nuevo. Como el brillo de las cerezas en los ojos de un niño que, por primera vez, entra en una frutería.

Veía las cosas parapetado tras una cortina jabonosa. Un búnker débil y vulnerable que se desliza entre paredes de tachuelas. Mi reflejo en el jabón es el del miedo. Un pavor blanquecino y desnutrido que, poco a poco, se evapora sobre las aristas del acantilado, como el final de la niebla irlandesa. Un sitio donde el cielo es del color de los ojos de un albino.

COUSCOUS

Comimos couscous,
follamos el resto de la tarde,
ganamos un par de apuestas,
y pensamos que parecía un buen día
para abandonar la vida.

Mis uñas negras sobre tu cuerpo
y los restos del disfraz esparcidos en el suelo
como población asustada.

Tienes el estilo de un marica
escribes como un borracho
bebes como un filibustero
y follas como un cabrón.
Eso es lo más bonito
que ella nunca me dijo.

Parecía que alguien nos había cosido
las letras de aquel domingo
en la cara interna del labio.

He llorado al volver a casa,
cuando he visto tu liga
enrollada junto al dinero.

He salido a la terraza
y he pensado en dejarme caer,
nunca había sido tan feliz.
La vida sin ti es un principio de muerte.

MUECÍN

Me reventó el corazón en pequeños murciélagos,
que volaron de allí,
como los recuerdos que preceden a mi nacimiento.

En la placenta, el latido era el grito agónico del muecín ciego
intentando callar el aleteo inquieto de los murciélagos.

Y la vida, esperando ahí fuera
una metáfora rota.

GRILLETES

Y Dios, engrilletado, junto a sus esclavos en una barandilla de la última dorsal oceánica. La mirada asustada de quien se siente derrocado ante la mirada decepcionada de quien pierde a un líder. Y la luz de la luna aplastando la luz de la tierra. Y la luz de la tierra aplastando la luz del océano. Lo único que nos separa del sol, es la suciedad del cristal de este ojo de buey. Y los antebrazos de Dios quemados, por las cadenas, como un campo recién talado. Las burbujas de oxígeno que escapan de entre sus labios estallan, sin fuerza, al llegar a la superficie. Y el hombre, ahí fuera, atreviéndose por primera vez a ser hombre. Y la luz de la mujer aplastando al hombre.

HIENA

Cuando se pierde la mirada de la hiena, los planetas se disipan, burbujas de la antimateria. Puedes pasarte la tarde mirando un tríptico de Francis Bacon, o salir ahí fuera e intentar recordar quién eras antes de Bacon. Las botellas de plástico se amontonan, junto a la cama, como soldaditos de plomo sin pintar. La palma de mi mano no se corresponde con la delgadez de mi muñeca. No sé si me gusta haber nacido un año y un día después del suicidio de Ian Curtis. Me siento como la parte de la boya que queda siempre sumergida. Algo muy cercano a estar a flote. No quiero morir ahogado en un mar pusilánime como el Mediterráneo. George Dyer no fue capaz. No consiguió recordar quién era antes de Bacon. Cuando se pierde la mirada de la hiena, los planetas se disipan, espuma de la antimateria.

WROCLAW

Los pájaros, siempre los pájaros. Y la vida arrugándose como el escroto árido de un septuagenario. Pienso en tu pecho despertándose con el frío de Wroclaw, en mis glándulas estremecidas, y después, no pienso en nada. Tengo una fuga de pena en el costado izquierdo. Gotea cuatro o cinco veces al día. El charco, en el suelo, es cada vez mayor. Se me están doblando las rodillas. Me noto flaquear.

HUMO

Me estoy empezando a intoxicar con el humo de mis propias decisiones. Nos obligamos a querer a alguien para paliar el desprecio que sentimos por nosotros mismos. En las noticias aparece el perímetro de la isla zurcido de muertos. La ayuda aterriza sobre las costuras de la ciudad como asteriscos desmembrados. De entre las ruinas, siempre aparece un niño o un anciano. La gente de mediana edad no tiene ni putas ganas de seguir luchando. Los donantes anónimos se anuncian en primera plana. Estoy pensando en escribir un testamento de bienes no materiales. Algo así como una herencia de despojos. Me huelen los dedos a gasolina de noventa y ocho octanos, y a coño de ángel.

ESCALA DE GRISES

Ahora que aún no eres un recuerdo, pienso en ti como en la lluvia de ceniza que queda tras los fuegos artificiales.

Puedo notar cómo miras, de reojo, la aguja oscilante del termostato del infierno. Me sumergí en la bañera para escapar del ruido. Y notar a los marineros corriendo por entre mis arterias de batiscafo eslavo en el agua helada. Golpeando cada uno de los tubos de cobre de mi conciencia. Y ella, acercándose como un glaciar a la cubierta. Entendiendo las fisuras de la coraza. Sin ti, soy todas las canciones tristes de más de siete minutos. Soy la mirada perdida de los suicidas. Soy un hombre en escala de grises. En cuanto salga a flote, serás la primera en avistar el periscopio.

Necesitaba llorar, correrme, y vomitar. Reventar. La lluvia de ceniza me está acartonando los lagrimales.

PALOMAS

Me desperté e hice la cama en todas las habitaciones de mi cabeza.
Y tu olor, bajo las sábanas, atrapado como un insecto entre las páginas de un libro. He pensado en ti, de un modo impreciso. Como alguien que consulta la previsión meteorológica de una ciudad extranjera.

El niño que sueña con comerse a las palomas dice que sólo sueña con comerse algo que vuele. Al abrirle el pecho han encontrado un corazón de cera y plumas en el intestino. El forense me ha dado un bote pequeñito que ahora reposa sobre la mesita de noche. Junto a tu ausencia.

Alguien debería deshacer las camas, de nuevo, en las habitaciones de mi cabeza.

BORBOTONES

Cuatro quesos y heroína

oligofrenia rumana,
Enola Gay fumigando
nuestras entrañas.

Tus ojos,
el color del iodo
sobre las heridas.

Heroína,

y los poros del cerebro
abriéndose como tulipanes
mecánicos.

PAPEL CONTINUO

El miedo callado del kamikaze,
que nota palpitar el cerebro contra el cráneo,
bajo el casco sudado,
es el miedo callado de la mujer que no besa entre semana.

La vida es un pelotón de fusilamiento imprimido en papel
continuo.
La hoja, de momento, se ha cortado por encima de nuestras
cabezas.
El gato de fuego no ronronea, sólo arde.

PURASANGRE

Fue una muerte de perfil, como la de un torero en un poema
de Lorca.

O la de un feto en el vientre de una madre.

Nos mirábamos con los ojos de la sal sobre las arterias del
tomate.

Incapaces de apartar la vista de la musculatura roída.

Fue una muerte de perfil, como la de un caballo sobre la paja.

KNOCK NEVIS

El humo negro seguirá manchando todas las tardes. Escribiré una oración por cada uno de tus miedos. Puedes pasarte la vida imaginando cómo reaccionaría tu cuerpo ante un balazo, pero si el mayor de tus riesgos es enamorarte o bucear con bandera amarilla, estamos jodidos.

He estudiado seis formas de desaparecer (ante la mirada roja de un negro). Había chorros verdes de sangre oscura en el suelo. Podría seguir mirándote como si fueras la última cosa a la que poder mirar. En el sueño, Himmler escupe sobre su retrato, se automutila, y pisotea el brazalete. Somos los mismos que pintaban bisontes en las grutas hace años. Mañana, alguien seguirá ideando nombres extraños para los petroleros, mirando al mar como sólo un preso mira al cielo.

Esta noche hay una mujer arreglándose en algún cuarto de baño para ti, y tú aún no la conoces. Pensaré mucho en nosotros cuando hayamos muerto. La gente sigue agachando la cabeza las noches de lluvia.

CENIZAS

Me desperté, me hice una paja, y me afeité. Cogí un billete de cincuenta de entre las páginas de Veinte mil leguas de viaje submarino, y bajé a la calle. El calor se agarraba a los cuerpos como las manos de un violador. Arranqué el motor, y salí de la ciudad.

Crucé la costa con las ventanillas bajadas y me detuve ante la puerta de su casa. Mi padre leía el periódico al otro lado del jardín. Entré, me abrazó, y comimos y bebimos el resto de la tarde.

Como en cualquier noche de Agosto hubo una mala pregunta, y fue mía. ¿Qué canción quieres que suene el día de tu entierro? Los dos nos quedamos en silencio mirando las cortezas de queso mordidas sobre el plato. Me fui de su casa, y se quedó sentado en el borde de la cama. La camiseta de tirantes reposaba sobre su barriga como un animal tranquilo. Me di cuenta por primera vez de por qué le quería. Ocurrió de repente. Como la lluvia inesperada. O el olor del barro recién pisado.

Subí al coche y encendí un cigarro. Me quedé mirando el fondo iluminado de la piscina vacía mientras en mi cabeza sonaba el Hallelujah de Jeff Buckley. Salí de allí, y pensé en el día que Keith Richards esnifó las cenizas de su padre. Nadie pareció entender un gesto de amor tan puro. El acto siempre está por encima del pensamiento.

MONTAÑA DE SAL

No dedico mi vida a nada
no dedico mi vida a nadie.

La poesía no nos salvará de la vida
pero la vida tampoco va a hacer
gran cosa por nosotros.

No me pidas que salde todas mis deudas,
seguramente los dos seguiremos lamiendo
de la misma montaña de sal.

VIRGEN DE GUADALUPE

Aparté la mirada de las córneas de la Virgen de Guadalupe, mientras las moscas se acercaban a las velas. He olvidado el nombre de los ríos, de las calles, y de los dictadores. He olvidado cualquier recuerdo memorizado contra mi voluntad. Cada vez que duermo con una adicta, todo vuelve a oler a la soga del muerto. Me asusté cuando mi sudor empezó a oler como el suyo. Después me escapé. Nunca he podido mirar a una cámara, ni aguantar la mirada más de dos frases. Eso me ha llevado al individualismo y al miedo. Conviértete en el papel que interpretas o préndele fuego al teatro. En el espejo, sólo veo a un hombre permanentemente decepcionado. Mis facciones son la desesperación de un autorretrato de Adam Neate. Aparté la mirada de las lágrimas de cera que caían sobre los pies de la virgen mexicana. Fui incapaz de levantar la cabeza.

HEDONISMO, IRREALIDAD, Y SEX PISTOLS

Me quedé mirando las paredes de mi iglú

pensando en las cabezas de minotauro
que sonríen degolladas junto
a montañas de azafrán.

En los momentos que median
entre el miedo y el placer,

hedonismo, irrealidad, y Sex Pistols.

Me quedé mirando las paredes de mi iglú
esperando a que se deshiciesen sobre mí.

DOLK

Cuando se duerme, me quedo en silencio mirando sus tatuajes, como un niño levantando el cuello hacia el techo de la Capilla Sixtina.

Ni siquiera dormida parece inofensiva. Mi abuelo decía que no me fiase de una mujer a la que no hubiera visto llorar. Si tuviera los brazos suficientemente largos, escribiría en el techo, no quiero volver a dormir contigo.

En el suelo está mi nómina, sus bragas, y un folleto de una escuela de buceo.

Nuestro reflejo, en cualquier parte, me recuerda a ese stencil de Dolk. Una pareja abrazada, con granadas de mano en lugar de cabeza. Y cada uno, a punto de tirar de la anilla del otro.

Mi abuelo era el hombre más inteligente que he conocido.

LA FORMA DEL DOLOR

No quiero ver morir a mi padre .
No quiero ver morir a mi madre.
No quiero ver morir a la mujer que duerme conmigo.

Soy un hombre cobarde, incapaz de enfrentarse a la forma del dolor.

Besaré mis zapatos antes de enterrarlos.

GOLPE EN LA SIEN

Aquí dentro (golpe en la sien) tú y yo hacemos grandes cosas juntos. Todas esas cosas que sólo existen en las paredes químicas de nuestras cabezas. Cosas bonitas y extrañas, en cualquier caso. Como tu perfil manga recortado en mitad de la noche. La primavera sólo es un nombre al principio del próximo túnel. Alguien debería drenar este exceso de testosterona. Somos animales asustados respirando bajo la corteza de un cedro. Los pájaros seguirán volando gracias a un principio físico que desconozco. Soy el hombre que da la mano a los niños que no son sus hijos.

TENDONES

Otra vez esa maldita sensación de que podría sentarme junto a un muro, y comérmelo poco a poco, en pequeñas magdalenas de hormigón. Esa maldita sensación de ser el último hombre bailando sobre la última placa tectónica. De notar los haces de músculos tensarse como los cables de un ascensor, mientras el cielo se desprende como velcro viejo. Otra vez esa maldita sensación de que podría sobrevivir a casi cualquier cosa. Incluida tu mirada.

PURPURINA AZUL

Un ruido sordo y seco. Como el de un gato cayendo al suelo desde lo alto de un faro. Hay corrientes de efedrina flotando, como un soplo de purpurina azul, en los agujeros negros de mis miedos. Cada vez que cierro los ojos veo un planetario en la bóveda de mi cabeza. Cada vez que los abro veo un gato muerto a los pies de un faro. Está empezando a amanecer sobre el esqueleto de la ciudad. Los aviones despegan de entre las vísceras iluminadas. He oído un ruido sordo y seco. El faro se ha apagado.

CRASH TEST DUMMIES

No creía en aquel amor de crash test dummies
pero, al menos, era una forma de amor.

Después de cada colisión,
alguien nos recolocaba la cabeza
y devolvía a nuestra posición inicial.

AGUA OXIGENADA

Me siento tan sucio al despertarme
que algunas veces
pienso en lavar mis vísceras,
a mano,
con agua oxigenada.

Colgarme con pinzas del tendedero
y ver cómo oscila mi sobra
mientras poco a poco
se dibujan las siluetas
de los cuervos
sobre el suelo
de ladrillo rojo.

FYI

El mundo laboral degüella el noventa por ciento de mis valores y principios. La vida por definición es absurda, y trabajar para alguien no ayuda a mitigarlo. Cuando miro a esa gente, sólo puedo pensar en ahorcarlos, uno a uno, con el cable de sus ratones. El cargo que aparece bajo sus nombres en las tarjetas de visita, es la falsa esperanza del ahogado que deja de ver la orilla. Sus zapatos, sus acrónimos, sus jerarquías. Sus almas de sicario desprovistas de la verdadera nobleza del asesino. Ser el hombre importante de una empresa, no te convierte en un hombre importante. Lo peor de una sociedad no está en sus cárceles, está en sus empresas, que en el fondo, no dejan de ser cárceles.

LADRONES DE OJOS

Cuando alguien lea esto, dentro de unos años, utilizando un simulador de la vieja Internet. Y se avergüence de nuestros miedos, y especialmente de la tecnología utilizada para difundirlos. El día que el verdadero reto sea desaparecer, y perder la identidad virtual. Alguien nos recordará, con el mismo cariño, con el que nosotros miramos las fotos amarillentas, de los desconocidos que nos engendraron. Y pensará que somos los nietos de las enfermedades amables. Y los padres de la precariedad tecnológica. La noche que los ladrones de ojos se conviertan en los nuevos camellos de la biometría.

SOLO

Vives solo
comes solo
paseas solo
duermes solo

¿no es un exceso
de ausencia?

seguramente,

pero sólo ahora
entiendo qué es
estar solo

hablas solo
escribes solo

mueres solo.

PULPA DE TOMATE

La he visto corriendo cerca del mar, boxeando contra un árbol, luchando, como siempre, contra sí misma. No parecía ganar, pero al menos, parecía creer en lo que hacía. Mi sombra, cinco años después, con las muñecas rotas y las manos rojas como palomas abiertas por la mitad. Siento todo lo escrito. Ha sido una época extraña. Escribir no me hace feliz, pero no escribir tampoco. Es sábado y la calle huele a pulpa de tomate.

REACCIÓN ANIMAL

Algunas veces, pienso en cómo hubieran sido las cosas, si la gente que ha diseñado la persona en qué me he convertido, se hubiera mantenido al margen.

Si la gente que decidió cómo rellenar los días, las carencias, y las fisuras, hubiera optado por no hacerlo.

Algo así como el cuidador del zoológico, que deja las puertas de las jaulas deliberadamente entreabiertas. Y se sienta, entre las palmeras, a esperar la reacción animal.

ALGO AJENO

No puedes encerrarte en una campana de cristal y tratar de ser puro, nuevo, y original. Seguramente acabarías imitando el sonido del silencio.

Decir que está todo escrito, inventado, y follado, me parece asumir una derrota prematura. Como dejar que una madre muera calcinada por un incendio que sólo existe en su cabeza. En cualquier caso, mi vida y mi escritura, se quedaron suspendidas en algún punto hace tres años. No han evolucionado, son agua estancada. El miedo es un cepo en un jardín de un metro cuadrado.

Siento vergüenza al pronunciar. Mi vida. Mi escritura. Me parecen algo terriblemente ajeno. Como una tercera mano. Sobre la mesa de un hombre que come solo.

AUTOPSIA

El día que nos autopsien
sólo van a encontrar rabia
dentro de nosotros.

JACK LONDON

Cuando pienso en el amor, pienso en un lugar lejano, en un pueblecito escandinavo. Cuando pienso en la muerte, pienso en Jack London, y pienso en sus esquimales. Esta mañana, el cielo se ha abierto como una naranja. Azúcar de domingo para cerebros depresivos. Cualquier vida es un desperdicio. Seguramente, el único error es tratar de demostrar lo contrario. Hay una mujer en el suelo. Replegada sobre si misma como un planeta pequeño. Esa mujer eres tú. De todos mis accidentes, eres el único contra el que volvería a estrellarme. De cabeza. Cuando pienso en ti, pienso en tulipanes rotos, y pienso en abrazar algo descascarillado.

BOMBILLAS ENCENDIDAS

Soy un hombre feo
que vive
en un sitio feo.

El desprecio que
siento por mí
sólo es comparable
al desprecio que
siento
por todo
lo demás.

No tengo
problemas
reales
más allá
del hastío
o la decepción.

No soy alguien
que necesite
una catástrofe
aérea
ajena
para volver
a creer
en la vida,

simplemente
creo
que la vida
no despega.

Esta es otra
de esas noches
en las que noto
ahí arriba
que la idea
del suicidio
se acerca

como una mosca
a una bombilla
recién encendida.

MEDITERRÁNEAS

Mujeres con golondrinas de colores tatuadas en el antebrazo izquierdo, y mujeres escurridizas como el lomo de una carpa. Mujeres abatidas por sus propios disparos, y mujeres que riegan sus barriles de pólvora. Mujeres extrañamente delicadas que parecen no excretar, y mujeres que rezan por un último papel secundario digno. Mujeres apocalípticas esperando un resbalón en cualquier cornisa, y mujeres con coños alegres que se repliegan como la defensa de un equipo italiano. Mujeres con las que no volverás a dormir, y mujeres que no volverán a dormir con nadie. Mujeres que sueñan con un arpón que ampute sus colas de sirena, y mujeres que nunca olerán a mar.

IMPLOSIONAR

La forma del dolor
atestigua
que la belleza
sólo se sincera
a través del
sufrimiento.

Así que
para olvidarnos
de lo que fuimos
deberíamos
esconder
tus pezones
y mi orgullo
en una cajita,

una de esas
que registran
los últimos
bandazos
del avión
antes de
implosionar
y saltar
en pedazos.

BENGALAS EN MITAD DE LA NOCHE

Dormimos abrazados
a pequeños teléfonos móviles,
esperando que se iluminen
como bengalas en mitad de la noche.

Somos náufragos
embotellando mensajes
de ciento sesenta letras,

disparando poesía al aire
como mejicanos borrachos.

La tecnología ha acabado con el amor
alguien debería acabar con la tecnología.

HABITACIÓN 728

Nieva en Múnich. Son las dos de la mañana y he llamado a todas las habitaciones de la séptima planta. Es algo que siempre hago en los hoteles. Busco alguien con quien hablar. He salido al pasillo a por hielo, y he vuelto con Mamita, la cubana de setenta años del turno de noche del servicio de habitaciones. Es la única que habla castellano por aquí. Nos hemos tumbado en la cama, y hemos alardeado de lo que cada uno ha perdido. Empate a tristeza en la séptima planta del Hilton de Múnich. Abajo, los árboles tienen esos colores que sólo existen en los fondos de pantalla de Windows. Nunca había pensado en saltar a un enorme salvapantallas como forma de suicidio. Mamita, antes de irse, ha dejado en el lavabo junto al champú dos botellitas de Jack Daniel's. Creo que se lo agradeceré toda la vida. En Múnich amanece como en los libros de religión. Con dos rayos de sol atravesando una nube. He desayunado almendras y bourbon, y me he quedado dormido. He vuelto a soñar con la chica de las pestañas demasiado cortas. Como los extremos de una cuerda quemada. En el sueño, la chica abandonaba la ciudad en un taxi negro. No he podido ver la matrícula.

BAJO CONSUMO

No fue la guerra entre los dos hemisferios, ni aquella extraña epidemia que empezó afectando a los zurdos. No fue la tinta con la que los asiáticos se tatuaron los genitales a principio de siglo. Ni la frialdad de la mirada de algunas mujeres. Lo que acabó definitivamente con la civilización moderna fue la bombilla de bajo consumo.

Todos aquellos esfuerzos por prolongar la vida del planeta, acabaron con ella. El mundo se fue apagando, poco a poco, como la antorcha de una mujer en la puerta de una iglesia. La falta de luz nos convirtió en una raza triste y melancólica que olvidó mirarse a los ojos. Una raza incapaz de desearse, y reproducirse.

Lo que acabó definitivamente con todo fue la falta de intensidad.

CERILLAS

Creo que podría
enamorarme
de cualquier mujer,
que encienda
los cigarros
con cerillas.

Al menos, durante
sus dos
próximos cigarros.

Después, el mundo
volvería a ser
un sitio horrible,
deprimente,

donde
incluso las cosas
concebidas
para ser bellas
fracasan
en su intento.

JUKEBOX

El día que Madonna se suicidó, un millón de niños no pudo soportarlo, y acabaron también con sus diminutas vidas. Madonna apareció en el baño de su casa. Había hundido, uno a uno, treinta vinilos de Like a Virgin en su entrepierna. Un diario británico consiguió publicar aquella foto. En el titular podía leerse. El coño muerto de Madonna parece una enorme jukebox. En la siguiente página, pequeñas japonesas yacían en el suelo. Junto a pelucas rubias.

EN BARRENA

Qué se puede esperar de una raza
incapaz de aceptar
su propio
deterioro físico.

Nos abrimos,
nos cosemos,
nos inyectamos.

Intentamos aparentar
que la vida
no nos ha
pasado por encima,

como si eso fuera posible
de algún modo.

Hace un tiempo,
una mujer aplastada
por su propia belleza,
me dijo que el mundo
parecía haber
olvidado,
que somos cuerpos
cayendo
en barrena
hacia la putrefacción.

EMERGENCIA

Ducharse costaba tres euros. Pero no podías hacerlo con una moneda de dos y una de uno. Tenías que meter tres monedas de un euro. Después de eso, la puerta se abría y veías un pequeño bote de jabón con algo de mierda en la punta del dosificador. Había una ventanita que daba a un patio interior. Sacaba la cabeza por allí mientras me enjabonaba la polla y el ombligo, y esperaba que alguna cortina se corriese. Supongo que sólo esperaba encontrar algo de vida en el resto del hostal. Y de pronto, el agua dejaba de caer, y el resorte de la puerta volvía a saltar. Eso significaba que los tres euros no daban para más. Entonces, volvía a la habitación, aún con jabón en las orejas, y esperaba que alguien siguiese las huellas de agua que dejaba sobre la moqueta roja. El tercer día, una chica llamó a la puerta y me pidió tres euros. Es una emergencia, dijo. Y me acercó uno de sus sobacos para tratar de demostrarlo. Cuando bajé a la calle, la chica de los sobacos estaba pidiendo una cerveza en el bar de abajo.

FALLO HEPÁTICO

Con el tiempo, empiezas a hablar con el cerco que deja la jarra de cerveza sobre la barra. Cuando comprendes que el cerco no va a contestar, estrujas la bayeta con la que el camarero ha limpiado la barra, dentro de tu vaso. Pero claro, eso es sólo con el tiempo.

Beber es una buena forma de dejarse morir. Lenta y poco certera, pero suficientemente buena para cualquiera incapaz de algo más definitivo.

La mayoría de las veces, el mundo sólo es soportable con resaca. Con esa realidad amortiguada. Blanda y poco hostil. El resto de veces, el mundo es definitivamente insoportable, y ni siquiera el alcohol puede luchar contra eso.

Algunas noches vuelvo a casa dándole la mano a un pequeño mono. Es un animal con respuestas ingeniosas, aunque sólo yo pueda verlo. Hablamos de todo un poco, y al final de la noche, me gusta creer que es él quien me mete en la cama. Herido.

La gente piensa que Leaving Las Vegas es una situación lejana e improbable. Aunque claro, normalmente, cuando entiendes que algo se ha roto ahí dentro, suele ser demasiado tarde.

LA CONDICIÓN HUMANA

Un grupo de minusválidos mira el mar. Los inválidos miran las olas y miran las rocas, pero no se miran a sí mismos. Seguramente porque mirarse entre ellos, es mirar a la muerte. Cara a cara. Así que miran el mar. Y el sol se refleja en sus sillas. Y esta no es una historia triste, ni siquiera una historia cruel. Pero es una historia real. Un negro se acerca al grupo de inválidos y les ofrece gafas de sol. Gafas con los cristales ahumados y las patillas doradas. La gente que come a unos metros de los negros y los inválidos, siente pena por ambos, y a su vez, se convierten en los jueces de la escena. Los minusválidos no miran las gafas. No miran al negro. No miran el mar. Se miran por primera vez entre ellos, y poco a poco, empiezan a insultar al negro. Y el negro guarda, humillado, las gafas de sol en una bolsa de cuero. Y se marcha de allí. Caminando.

LA CAJITA

El tutú no era blanco, pero eso sólo lo sabías al abrir la tapa. Entonces veías a una chica tumbada sobre terciopelo rojo, vestida con un tutú gris. La chica no se levantaba cuando empezaba la música. Pasaban unos segundos, y se ponía en pie con desgana. Podías oír como chirriaban las bisagras de sus rodillas. Y las de sus codos. Incluso, si escuchabas bien, podías oír el mecanismo que controlaba sus párpados. La chica del tutú gris giraba sobre si misma con los brazos caídos. Levantaba únicamente la cabeza cada vez que pasaba ante el espejo de la cajita, y se miraba con asco. Lloraba, y decía. Cada vez que alguien abre la caja, vuelvo a nacer, y vivo durante los dos minutos siguientes. Entonces, se volvió a tumbar, y me pidió que cerrase la tapa. Pero antes de hacerlo, dijo, corta el cordón umbilical que me ata a la caja. Así que, la cajita dejó de ser madre, para convertirse en ataúd.

NIKE

La gente no empieza a correr para adelgazar. La gente empieza a correr cuando su hijo se suicida. Cuando alguien atropella a su perro. Cuando alguien se folla a su mujer. La gente no quiere perder barriga, quiere huir. Para llegar a algún sitio, que permita olvidar el perro abierto por la mitad, el hijo abierto por la mitad, tu mujer abierta por la mitad. Cuando llevas cuarenta días en una clínica de desintoxicación, alguien te pide que recuerdes el siguiente slogan. Cada vez que te apetezca beber, sal a la calle a correr. Así que si miras bien. Verás hombres perseguidos por vasos largos de ginebra, resoplando en los semáforos. Hombres que siguen corriendo, sin apenas resuello, porque saben que si miran atrás, verán a un hijo muerto. Y seguramente, también verás, un millón de niños que se llaman Forrest Gump, perdiendo pedazos de prótesis, calle abajo.

PATOS DE CERÁMICA

Los patos de cerámica, aún son patos de verdad, en el momento que alguien los posa sobre una mesa. Después empiezan a perder plumas y, poco a poco, se van quedando rígidos, hasta que sus ojos se convierten en aceitunas. Negras y sin hueso. Los patos de cerámica, al principio, se entusiasman con la televisión. Pasan horas mirándola. Algunos incluso se enamoran de la chica del tiempo. Aunque suelen ser tímidos, y nunca dan el primer paso. En el fondo, sólo aspiran a que alguien les de un golpe, para verse a sí mismos, rotos en varios trozos. Desparramados en el suelo. Para ver la cara de quién les barre. Porque los patos de cerámica, una vez rotos, son como las lombrices. Siguen vivos, en distintos trozos, durante unos segundos. Los patos de cerámica sólo esperan que alguien les libere.

EL HOMBRE RECTO

El Hombre Recto miraba cómo sus hijos discutían por un juguete. Y los niños le miraban esperando algún tipo de privilegio frente al otro.

El Hombre Recto fumaba, y de vez en cuando, tragaba saliva. Los Niños Torcidos estiraban cada vez más fuerte del osito de peluche, pero el oso no se quejaba. Sabía manejar ese tipo de situaciones.

Entonces, como todo el mundo esperaba, el Hombre Recto tomó una decisión salomónica. Apagó el cigarrillo y se levantó. Partió a cada uno de sus hijos por la mitad, y le dio dos mitades diferentes al Osito. Que se fue de allí sonriendo. Perdiendo pelusillas de peluche por la pierna izquierda. Y arrastrando a medio niño con cada mano.

DINOSAURIOS

Los dinosaurios
no se comieron
unos a otros,
tampoco fue un meteorito.

Una tarde
se acercaron
a un acantilado
y se dejaron
caer,
ya no podían más.

Ahora
en los acantilados
hay catalejos.

Y los niños gastan
sus
monedas
pensando que
el mundo
es algo
bello,
un buen sitio.

Los dinosaurios lo entendieron
todo
mucho antes.

AGUA MINERAL

Cuando Liu se aburrió de su aspecto asiático, entró en un supermercado, y desenroscó dos tapones de FontVella. Usó los tapones como lentillas enormes, pensando que eso separaría sus párpados. Si la mirabas desde lejos, podías pensar que Liu tenía unos enormes ojos azules. Pero vista desde cerca, Liu parecía una rana. O una imbécil.

Después de tres farolas, una bicicleta, y dos autobuses, Liu comprendió, que en el fondo, su aspecto asiático no era tan malo. Volvió cojeando al supermercado, y comprobó horrorizada, cómo todas las botellas de agua estaban destapadas. Y bueno, la ciudad se sembró de orientales atropelladas.

CON LOS OJOS MUY ABIERTOS

Cuando mi abuelo sonreía después de cada sorbo de agua, eso significaba. No sabes lo que es beber tu propia meada.

Cuando dibujaba una parábola en el aire que sólo él veía, eso significaba. Fuego cruzado.

Cuando se tapaba la cara para que no pudiésemos verle llorar, eso significaba. Los alemanes nos hicieron cosas horribles.

Cuando cerraba la puerta del baño para que no pudiésemos verle mear, eso también significaba. Los alemanes nos hicieron cosas horribles.

Un día, me tendió los brazos, y eso significó. Me estoy muriendo. Después de eso, se desplomó sobre el suelo. Y murió con los ojos muy abiertos. Mirando al cielo enemigo. Dos guerras después.

GAJOS DE MANDARINA

Después de tres horas sentado en la taza del váter, me levanto y me corto las uñas de los pies. Apago la calefacción y enciendo un cigarrillo. Giro el grifo del agua y no hay agua. Bajo a la calle y compro una garrafa de cinco litros. Cuarenta céntimos de euro después tengo los sobacos en remojo. Soy tan asquerosamente educado que me doy los buenos días al verme en el espejo. Vivir parece una equivocación menor después de unos calcetines limpios y unos calzones cómodos. Me seco los sobacos con la capucha del albornoz. Me pongo los pantalones a cuadros del pijama y bajo a la calle.

Camino y meto la mano en el cajetín de las cabinas telefónicas. Camino tan rápido que los mosquitos estallan contra mi frente. Canto, silbo y floto. Durante las dos próximas horas soy Madonna. Soy Tyler Durden. Soy una niña de siete años con alas. Paso junto a los escombros del último escape de gas. Hay gente que muere porque su vecino olvida cerrar el gas. O porque su mejor plan de suicidio pasa por volar el edificio entero. Con esa clase de gente vas a pasar el resto de tu vida. Me despido de Uma Thurman. Que sonríe desde su poster de Pulp Fiction en lo que debía ser el salón. De color verde ahumado. Sobre el cerco marrón de lo que debía ser un sofá de tres plazas. Todo eso sobre la única pared que aún queda en pie. Hasta luego, Uma.

Es todo tan raro. Tan absurdo. Canto, silbo y floto. Soy tan asquerosamente feliz que lanzo gajos de mandarina al aire, y trato de atraparlos con la boca. Y bueno, algunos caen al suelo.

ROJO

Las palabras son siempre mejores que los colores porque cuando alguien escribe rojo tú imaginas el mejor rojo que nunca has visto. Porque si alguien pinta algo de rojo, no será el rojo sublime y herido que esperas. Será un rojo taza de café, pero no será un rojo gota de sangre, y si es un rojo gota de sangre, la sangre nunca será lo suficientemente negra y espesa. Eso sucede, seguramente, porque las buenas gotas de sangre roja son negras.

AUTOFOCUS

Mientras acerco y alejo el autofocus de algún punto entre la nariz de mi madre y el hombro de mi padre. Mientras les veo sonreír en el visor de la cámara. Mientras pienso que han vivido gran parte de su vida. Que se acerca su fecha de caducidad. Que algún día dejarán de reconocerme y empezarán a tratarme de usted. Que el cable que une la cabeza con los esfínteres dejará de funcionar. Que la cortisona les debilitará tanto la piel que cualquier roce se convertirá en un moratón. Que esconderán trozos de galleta en los bolsillos del pijama. Que leerán separando las sílabas mientras un hilo de baba les cuelga de la boca. Que doblarán las servilletas cien veces sobre si mismas. Que saldrán desnudos a la calle. Mientras pienso que envejecer es algo muy parecido a una canica aproximándose al borde de una mesa. Lo único que consigo decir es. Habéis salido muy guapos.

LEGAÑAS

Soy uno de esos. Tengo veinte dedos distribuidos en grupos de cinco. Manchas blancas en las uñas. Desayuno aceitunas negras. Soy lo suficientemente inteligente como para no hacerme demasiado caso.

Tengo cara de pez. Sospecho que me sobra un cromosoma. No tengo marcas de nacimiento. Ni tatuajes. Ni dientes. Soy el muerto perfecto para una película en la que no se reconoce el cadáver.

Soy sensible, educado, y me como las legañas. Tengo dos pezones y una hermana que trató de ahorcarse con papel higiénico de cuatro capas. No hubo suerte. El techo cedió. Dios no existe, y nosotros seguramente tampoco. Mi novela, mi abuelo, y mi perro están muertos.

Si las ojeras siguen creciendo pronto dejarán de verse los pómulos. Ayer, mientras conducía, otra vez ese sueño. Kennedy estornuda y esquiva la bala.

DALTÓNICO

No estoy hablando de estar muerto.
No estoy hablando de estar dormido.
No estoy hablando de que guarden toda tu sangre y te inyecten
un líquido a siete grados.
No es nada de eso.

Imagina estar suspendido.
Imagina no notar las extremidades. Ni el peso de los párpados.
Sin frío. Sin anestesia.

No escuchar tu respiración. Ni el ruido de tus tripas.
No estás dormido. Simplemente no estás.
No estás muerto. Pero lo parece.

Cincuenta horas sin que nadie espere nada de ti. Sin preguntas.
Sin responsabilidades. Sin angustia. Sin vecinos a los que
mutilar. Sin arcadas. Sin picores. Sin dolor.
Sin respuestas físicas.

Con la actividad neuronal de una piedra de río.
Encerrado en un cubículo. Secuestrado. Incomunicado. Sin
puertas. Sin ventanas. Sin secuestradores.

Cincuenta horas suspendido.

Como un insecto con las alas arrancadas.
Feliz e inconsciente.
Sin tener que decidir si cortas el cable verde. O el rojo.

VÍSTEME DE BLANCO

Se ha caído la tulipa de la lámpara. Se ha caído al suelo y oscila entre la baldosa tres y la cuatro. La baldosa número uno es la que nace en aquella esquina. Es un orden que yo he decidido, así que supongo que no importa demasiado. Hay un pedazo de cristal por alguna de mis venas.

Los jueves de junio no son muy diferentes de los jueves de enero.

Recuerdo el sabor del aceite y el olor del jabón, suspendidos en algún punto entre la boca y la nariz. Algunos días de junio también llueve y, a veces, esos días, incluso son jueves. La imagen de una esquirla reventando un corazón, se vuelve casi tan triste como un niño mirando los pedazos de plástico de su globo recién reventado. Algunos niños, los más tristes, deberían atarse a globos de helio y desaparecer en el cielo. Flacos y cabreados. El sabor del vino y el queso, y una tulipa en la tercera baldosa. Sonríeme y. Llévame a un sitio bonito. Hay un pedazo de cristal reptando por dentro, como una serpiente despistada. Los médicos hablan de un método americano. Lo cierto es que, ninguno parece capaz de cazar una serpiente. Ni siquiera de atrapar un trozo de cristal. Antes de. Que perfore el ventrículo izquierdo.

Vísteme de blanco y. Llévame a un sitio bonito. Antes de.

ARAÑAZOS

palabras solo palabras palabras sin acentos y frases sin comas
palabras que pesan como las caricias de un viejo palabras leves
ligeras como las mentiras de un mudo palabras negras el
basalto de tus pupilas palabras que atraviesan el hígado que se
hunden y que sangran palabras mama solo palabras el principio
y la nada y el abismo y el miedo y la calandra palabras
maravillosas como la arena que se escurre en un ombligo
palabras que abultan las venas y la vida sobre la tierra mojada
que cubre la cabeza de un niño que simula estar muerto
palabras mama solo palabras que a veces arañan

DISPERSA

Es un barco. No es uno de esos barcos pirata. Es un petrolero. Es verde, grande, y flota. Uno, dos, tres, cuatro, cinco y seis. Seis marineros en cubierta. Cubierta es una palabra maravillosa. Como calandra. Como alveolo. Como aneurisma. Como afasia. Que bonitas son las palabras que utilizan los médicos. Que altivos son los médicos, pero que suerte tienen con las palabras. No me gusta la gente con suerte. Creo que prefiero a los perdedores. A la gente que pierde a la ruleta y llora. Que bonitas son las luces de los casinos y que cara de malas pulgas tienen siempre los croupiers. Supongo que pasarse el día barajando cartas debe dejar las manos hechas un asco. Mi hermana tiene unas manos preciosas. Pequeñas, pero preciosas. No tiene unos ojos que enamoren, pero las manos son ciertamente bonitas. Zidane sí que tiene unos ojos bonitos. Cuando envejezca quiero ser la mitad de guapo que Zidane. Bueno, supongo que cuando envejezca preferiría escribir la mitad de bien que Fante. Qué bárbaro, qué bien escribe ese hombre. Qué placer leer sentado en la taza del váter. Qué bonito es este cuarto de baño. Es pequeño, con las paredes blancas y con una ventanita que da al mar. Desde aquí veo planear a una gaviota. También veo un barco. Es verde y grande. Parece un petrolero. Uno, dos, tres, cuatro, cinco y seis. Seis marineros en cubierta. A los diez años una profesora argentina les dijo a mis padres que su hijo tenía atención dispersa. Atención dispersa. Que palabra tan bonita es dispersa y que acento tan maravilloso tienen los argentinos. Qué habrá sido de Charito. Seguramente haya vuelto a su colegio de Buenos Aires. Uno, dos, tres, cuatro, cinco y seis. Seis marineros en cubierta.

GOLOSINA

Formemos una secta. Vistámonos de blanco. Establezcamos una jerarquía. Sinteticemos una droga. Tatuémonos algo detrás de la oreja izquierda. Algo que sólo nosotros reconozcamos. Vamos a crearte una dependencia. Vamos a ser la luz y tú alguien con las pupilas permanentemente dilatadas. Vas a donarnos hasta los botones de la bata de tu hijo. Somos tu voz en off. Tu voz de la conciencia. Somos el ojo que refleja tus sentimientos. Somos el ojo que razona. Somos tu ojo izquierdo. Tu ojo derecho. Vamos a liberarte. Vas a dejar de sufrir. Ven. No te muevas. No te gires. No nos mires. Dispárate. Confía en nosotros. Somos la golosina para tu cerebro hipoglucémico.

2055

Tus nietos vivirán ciento cincuenta años. Serán bisexuales. Comprarán cocaína a dos euros en expendedores automáticos. Sí, podrás leer una advertencia de las autoridades sanitarias en el envoltorio del gramo. El único cáncer del que se hablará será el de melanina, lo que ayudará a que los negros dejen de vender relojes por las calles. Buenas noticias para ellos, parece que por fin habrá llegado su momento. La mescalina sustituirá a la Coca-Cola. Los padres podrán abortar un feto hasta los cinco años de gestación. Lo único mal visto del suicidio será salpicar demasiado. Las vacas comerán personas. Alguien desenchufará la nevera donde Disney anda esperando su momento. Nos quedaremos sin saber el tamaño del consolador de Minnie. Todos sabíamos que ese ratón no podía hacerte feliz, lo sentimos por ti, ratita. Los niños nacerán sin lagrimales, lo que sin duda les ahorrará un montón de disgustos. El amor será la primera causa de mortalidad. Y bueno, tú y yo ya no estaremos aquí para ver nada de eso.

MIERDA

Somos amarillos. Personajes de Lego. Piezas perfectamente reemplazables. La misma sonrisa. Dos puntos negros para los ojos. Manos en forma de u. Peatones anestesiados. Muertos de plástico.

Somos moscas que estallan en un cristal. Sangre que resbala. Un chasquido en una carretera. Y un limpiaparabrisas que da el amén.

Somos peleles de plastilina. Cualquiera puede arrugarnos la cabeza con el pulgar. Amasarnos. Redondearnos. Devolvernos a la gran pelota inicial. De mierda.

FOTO

Inquietante. El parpadeo de un fluorescente estropeado en un parking inundado. Elegante. El azul de una llama de gas. Absurdo. Una ardilla buscando nueces en las páginas amarillas. Tétrico. Un ramo de tulipanes negros en la mediana de una autopista. Frío. Un destornillador destrozando un diente. Estúpido. Pensar en fotogramas.

AUSTRALIA

Quiero que esos niños que comen moscas y arroz de un bol, amanezcan todos los días en Disneyland. Todo el mundo tiene derecho a tirarle del rabo a Pluto. Me apetecen días en Technicolor para todos los ciegos. Que los feos bailen con la más guapa. Sin dinero. Sin descapotables. Con granos en la cara. Y una mano en el culo. Quiero ministros con mierda bajo las uñas. Con la mano tendida. En la parada de metro que tú prefieras. Veinte dedos para los niños que pisan minas. Mujeres que menstrúen Bloody Mary. Que la gente se quiera por el agujero que le apetezca. Que las banderas sólo sirvan para intuir la dirección del viento. Que a todos nos dejen tirar un par de veces los dados. Que las cosas empiecen a girar en el sentido opuesto. Como cuando cagas. En Australia.

EXIT

Hormigas escarbando en mi antebrazo. Apartan capas de piel. Como cuando tú soplas en la arena. Pitufos verdes. Grapando mis vértebras. De dos en dos. La última grapa, la he visto salir por el pecho. Una mano tras mi espalda. Y el paracaídas no se abre. No suelen hacerlo. No desde un sexto piso. La sangre siempre es mucho más negra de lo que los libros dicen. Al menos en el asfalto. Y más cuando es la tuya. Tiemblo. No me gusta bucear en este charco. Negro. Mío. No sé cuánto pesan estas sábanas. Ni cuanto sudor necesito. Para pensar en beber. En follar. Para no taparme la cara con esa luz que viene del suelo. Me encojo. El pánico son seis letras graciosas y seguramente esto también. Cuarenta grados de fiebre son siempre muchos. Para un tipo frío como yo. Que suele andar por los veintitantos. Necesito dejar de soñar. Necesito volver.

POST MERIDIAN

Llevo algunos años sin reloj. No me importan las medias horas. Los retrasos. Las caras de reproche. Que sea Abril. O Noviembre. Los nombres de las ciudades son sólo letras blancas sobre fondo azul. Letreros en una autopista. Poco importa las veces que te mudes. Los cedés que pierdas en cada traslado. Los libros que empaquetes en cajas de cartón. Recorrer kilómetros. Y que nada cambie. Farolas. Tiendas. Restaurantes. La gente. La que no habla. La que te pisa. Todo es provisional. Tu remite. Los prefijos. Los acentos en el metro. Y de puro inconsistente, se vuelve rutina. A veces. El olor del mar. Y la mirada de los borrachos. Es lo único que cambia.

SMILE

La próxima vez que tengas frío dímelo. Bajamos. Y matamos.
A todos esos tipos de blanco. No les importará. No tienen
sexo. Seguro que se aburren. Les arrancamos las alas. Les
quitamos las plumas. Sin anestesia joder, que ya están muertos.
Nos hacemos un edredón. Y a dormir. Como angelitos.

LUCKY MAN

De ti, me queda Muntaner. Y Rue Laffitte. Los paseos cogido de tu mano. Tus historias de la guerra. Siempre viejas. Siempre nuevas. En Paris siempre ha hecho demasiado frío. Más incluso del que se merecen los franceses. Más del que tú y yo nos merecíamos. Pasaba horas delante de aquel escaparate. Junto a tí. Mirábamos hipnotizados aquel desfile de juguetes. Hasta que tu decidías que lo mejor era entrar en aquellos grandes almacenes. Paseábamos entre las señoritas Lancôme. Yo no entendía por qué. La inocencia propia de los cinco. Aún no había heredado la habilidad por quedarme con la más bonita de la noche. Como hacías tú. Yo soy más torpe. Sonrío menos. Te has ido sin conocer los últimos sudores. Alguna modelo. Alguna stripper. Alguna tan vacía como la casa en la que ya no vives. Bonitas, pero vacías. Como las botellas que me desayuno cuando te lloro.

De ti me queda un hombro que ya sirve de poco. Pero yo hubiera dado tres brazos por seguir levantándote de aquel sofá. Por partirle la cara al párkinson. Estúpido cabrón que no te dejaba comerte las natillas en paz.

Moriste mucho antes de esa noche. La única que no lloré de aquellos dos meses. Moriste cuando alguien te sentó en dos ruedas. Cuando alguien dijo que a los ochentaytantos ya basta. Cuando alguien pensó que dos guerras y demasiadas operaciones siempre son demasiadas. De ti me queda una urna. Unas cenizas cerca del mar. En una ciudad que no era tuya. Y que cada vez es menos mía. Clark Gable se sigue pareciendo a ti. Papá a ti. Y yo nunca me parecí a nadie.

PYOTR

Es sordo. Del oído izquierdo. Cruza las vías apoyando las botas sobre los raíles. Mira únicamente hacia la izquierda. Confía plenamente en su oreja derecha. Luz de media tarde. Podrían ser las cuatro. O las siete. No le importa demasiado. Más bien nada. Mirada huraña, esquiva. Tres meses sin ver a demasiada gente. Y sólo mira al suelo. Comprueba que no se mueve. El vaivén de las olas ha desaparecido.

Es marinero. Ruso. Salitre bajo las uñas. Y sus manos, contundentes y arrugadas. Prematuramente envejecidas. Cuenta baldosas. Sonríe satisfecho. No necesita aferrarse a una barandilla para andar. Es de las pocas ventajas que ofrece el asfalto, piensa. Se pierde por calles intrascendentes. Todas lo son en una ciudad de paso. Las manos en los bolsillos, y la mirada en un letrero. Caligrafía de neón. Fever club. Escotes tras una barra y alguien le informa que dispone de media hora desde el momento en que sube a la habitación. Tiene facilidad para el castellano. La suficiente como para odiar la palabra disponer.

Tras la puerta, una moqueta que huele a humo. Y una brasileña que no huele a nada. Enviste hasta correrse. Le sobran veintiséis minutos para fumar. Junto a ella. La mira, tratando de reconocer en ella los rasgos de su mujer. Le pregunta por sus hijos. Y ella le habla de sus niñas. Las que violaron en Río. Entre favelas. Y él piensa en sus críos. Dos paliduchos con cara de frío, en Vladivostok. Se besan. Y hasta las siete y treintaicuatro han sido marido y mujer. Padres de dos hijos en común. Y han confundido recuerdos. Dos hijos vivos y felices. En Brasil. O en Rusia. Ella se levanta, y le cobra, aún desnuda. Él se va. Faltan otros tres meses antes de ver a su mujer en las facciones de otra. En cualquier otro puerto. En cualquier habitación cerca de un muelle. Lejos de Rusia, lejos de todo. Cambiando billetes por mentiras. De agua dulce.

SIMÓN

Dios juega con sus tres teclas retroiluminadas. Una roja, una verde, y una azul. Amor, vida, y muerte. Desde su habitación oscura con vistas al mundo. Repite la secuencia. Cada vez con una cadencia diferente. Y los colores iluminan la cara de un adicto. Parpadean en el esmalte herido de los dientes de un loco.

Dios quiere un blues electrónico. Es un músico maniatado. Grita y pide una nueva tecla amarilla para la envidia. Pero en la habitación oscura de Dios los sirvientes son sordos. Nadie acude en su ayuda.

Nadie aprecia su música.

La mescalina reposa retroiluminada sobre las teclas. Jugar a ser Dios es decepcionante incluso para Dios. En el cielo, todas las palomas tienen una pata atada.

PROTOTIPOS

Los humanos seriados, a día de hoy, presentan un grave error de diseño.

Necesitan envejecer para aprender.

Su proceso cognitivo evoluciona de forma lineal y paralela a su deterioro y oxidación.
El prototipo nunca evolucionará lo suficiente.
Una de las dos variables debería ser modificada.
O quizá el prototipo descartado.

Los resultados están siendo decepcionantes.
La muestra de tiempo es concluyente.

Recoge tus cosas y vete.

Los humanos no son el único prototipo que debería ser revisado.
Los dioses habéis resultado doblemente decepcionantes.

PARTES BLANDAS

Las palmeras en la niebla, agitándose como guirnaldas en la Antártida. Y los besos, repletos de cafeína, tratando de despegarte los párpados. Y tras las palmeras, la cola del avión, y la sensación de que los aeropuertos, en la niebla, son campamentos humanitarios. Limbos iluminados de las catástrofes naturales. La sala de espera de la consulta del fin del mundo. Con luces indirectas y café en vasitos de cartón. Mierda en las uñas de los pies y cuerpos tirados en el suelo. Capas de ropa revelando el hemisferio de destino. Y aviones en tierra girando sobre sí mismos, como perros tratando de lamerse el rabo. Dime el tamaño de tus pupilas y te diré quién eres. Y entender, por fin, que la vida es una permanente sustitución.

Ahora que tenemos una nueva mona en el circo, hemos consentido que el trapecista se deje caer desde lo más alto, imprimiendo una constelación de sangre sobre la arena.

Una constelación que hoy barre la mona. Mañana será ella el objeto.

El asco no es suficiente con sentirlo, hay que constatarlo. Despertar es un ejercicio de inteligencia.

Hay algo en la niebla que le empuja a un hombre a devorarse a sí mismo. Empezaré por las partes blandas.

AMARILLEA

El mundo amarillea. Es una hoja envejecida sobre la que han querido escribir todos los hombres. Y ese, es un gran peso. El esfuerzo por volcar tinta y eso que llaman dejar huella. El error escrito. El horror histórico. El mundo es el medio, nunca el fin.

La sangre, el mortero, el nazismo. La religión. La maldita deshumanización. No veníamos a escribir. Veníamos a leer. No veníamos a superponer frases sobre las frases de los demás. No veníamos a hacer la letra más grande. Ni a hundir más la pluma. No veníamos a eso. La maldita raza se ha corrompido a sí misma. En nombre de una causa. Sea cual sea. Una causa por la que matar y robar la pluma. Para escribir la página. Y colgarla un poquito más arriba. En una pared infinita. El tablón de anuncios de la historia.

Si hay alguien ahí fuera,
por encima de nosotros,
debería arrancar la hoja.

No estoy hablando de pasar página.
Estoy hablando de acabar con esto.

SOMBRA

El día que dejemos de masturbarnos sobre nuestra alargada sombra proyectada en el suelo, evolucionaremos como raza. El problema añadido es que una vez eyaculado, nos agachamos para lamer el resultado. Y entonces comprendemos que la sombra ha cambiado. Desdibujando la intención inicial del ejercicio de ego. Apaguemos la luz. Eso nos liberará.

MANDAMIENTOS

Agitar el tablero del universo cada vez que se alineen los astros.

Ejercer de trilero con matrioskas.

Aspirar a la rebeldía como única forma de realización.

Infravalorar cualquier opinión que provenga de alguien a quien no admires.

Escalar a la cima de la irrealidad hasta la hipoxia.

Establecer un equilibrio entre hedonismo y dolor.

Dudar cada segundo de existencia.

Seguir escribiendo en las paredes.

No dejar nunca de comer con las manos.

Huir de cualquier tipo de mandamiento.

OJO DE BUEY

Esa extraña obsesión con querer ser la persona de las fotos del pasado.

Buscar la expresión que ya no existe, es intentar tapar las grietas, con las propias yemas cuarteadas.
La certeza del mañana es tan endeble como la moneda o la palabra.
Somos barro esperando que suba la marea.
El ojo de pájaro del pasado frente al ojo de buey del futuro.

Y escribo eso, ante el espejo de mi deterioro.
Mientras me convenzo, en voz baja, que no soy el protagonista de mis recuerdos.

MISIVA

No mates nunca al mensajero.

Es mucho mejor raptarlo, a mitad de camino,
y obligarlo a que memorice un mensaje diferente.

La violación del mensaje siempre es más dañina
que la muerte de un inocente.

FINGIR

Cada mirada de desaprobación es una victoria.

Comprar fruta y pan,
como un pretexto social.

Escribir el nombre de un psicópata en la chapa del buzón
volver a casa, con un ramo de margaritas

Desnudarse, tumbarse, y llorar.

Volver a la granja del animal que escarba.

Asumir que el glaciar no se derrite con
un hilito irisado de café.

Hablar solo mientras escribes

Vivir,
seguir fingiendo.

LA NOCHE DESPUÉS DEL APAGÓN

Las cosas empiezan y acaban,
con la misma incertidumbre
que se preparan las velas,
la noche después del apagón.

Si quieres ponerte en contacto con French Harina, puedes hacerlo en french.harina@gmail.com

Raúl actualiza, con irregular frecuencia, un blog en www.enfant.tk

En www.raulferruz.com deberías ser capaz de encontrar las nuevas publicaciones.

Gracias por leer.

www.ingramcontent.com/pod-product-compliance
Lightning Source LLC
Chambersburg PA
CBHW030303130626
46549CB00002B/677